复旦大学新闻学院九十华诞“好学力行”丛书　　丛书主编：米博华

STUDENTS AT
FUDAN JOURNALISM SCHOOL :
COLLECTED NEWS REVIEWS

激扬文字：
复旦大学新闻学院学生新闻评论集

陈禹潜　张涛甫　编

中国出版集团　東方出版中心

目录

上观新闻评论

潮赛评论

吕京笏评论作品

澎湃新闻评论

潮赛评论

陈曦评论作品

澎湃新闻评论

郑薛飞腾评论作品

唐一鑫评论作品

吴子莹评论作品

张钰杰评论作品

潮赛评论

王智评论作品

潮赛评论

陈敏学评论作品

潮赛评论

金亦辰评论作品

潮赛评论

肖暖暖评论作品

潮赛评论

麻慧琳评论作品

潮赛评论

张程喆评论作品

澎湃新闻评论

时评合时而著　教育因势而变

时评是时文，是时代巨手中的“泥塑”，同时为时代留声、塑型。“文章合为时而著，歌诗合为事而作。”白居易此言，道尽时与文的辩证法。

互联网崛起，意见市场的容量和结构发生惊人的巨变。在这一背景下，评论市场的变化天翻地覆，一时间，公众意见出现非理性繁荣和“流动性过剩”。这主要表现为：“口水”文泛滥。正如马修·弗雷泽、苏米特拉·杜塔在《社交网络改变世界》一书中所言：“当大众不仅不再对发言权痴迷，而且已经拥有了这一权力时，这一切就会发生。大家都知道，互联网已经让他们拥有了完全合理选择所必需的信息。他们不必通过购买报纸杂志、看电视或听广播，就能获取产品信息，他们现在有自己选择的权力。实际上，他们也可能是新闻记者或评论家，甚至也可能是生产者。”① 人人都有发言的机会和权利，人人也可以就公共话题发声。发言门槛降低以后，发声者多了，倾听者就少了。众声喧哗，意见市场的秩序嘈杂热闹，时评写作作为专业化的写作是不

① 马修·弗雷泽、苏米特拉·杜塔：《社交网络改变世界》，中国人民大学出版社，2013 年，第 184 页。

是就没有必要了？答案应该是否定的。人人都可以做家常便饭了，就不要餐馆大厨了？显然不是。我们认为，恰恰相反，人人发声，降低了评论进入的门槛，也就要倒逼专业评论提高水准，固守立身之本。

时代在变化，要求评论写作须因时而变，把握变的辩证法，顺应时变。在新媒体时代，评论写作需要作出如下应对：

第一，洞察世道人心。卡尔·雅斯贝斯在分析新闻传媒业时曾提出这样的观点：没有新闻界，现代世界是不可能生存的。新闻报刊虽然最初只是交流各种观点的一种简单工具，现在却在世界上占据了支配地位。它创造的生活知识具有被普遍理解的明确性。新闻记者发表的言论，通过改变人们在群众中形成的思想而部分地决定着事变的进程。“在事变的过程中，他知道他拥有影响他同胞的头脑的力量。他是创造当前状态的参与者之一，因为他能够在此时此地说应该说的话。”① 新闻传媒业是连接时代和现实世界的纽带，新闻从业者不仅负责告知人们世界是什么样的，同时会影响人们对世界的感知和理解。新闻业作为连接公众和世界的中枢神经系统，它的立场、视角以及所见所识，乃至观察和分析周遭世界的思想和情感，都会或多或少地影响公众的观感和

① 卡尔·雅斯贝斯：《时代的精神状况》，上海译文出版社，2005 年，第 88－91 页。

思想。新闻评论写作，不再拘泥于事实细节或真相本身，而要表达对事实和事件的态度和思想。它不是一般经验性的描述和再现，更强调对事实的看法和立场，即超越了对表象经验的规约，告知受众如何看待新闻事件。在互联网时代，信息资讯不再匮乏，不同成色的信息拥挤在一起，会干扰事实的呈现，进而让真相模糊起来。为此，评论人的一个重要任务就是：要让真相从信息的瓦砾碎石中凸显出来，以正视听。另外，评论人也应在互联网新意见阶层中，拥有截断众流、力搏千钧的意见力量。如何在“流动性过剩”的舆论场中，拥有一锤定音的能量，有引领公众思想的意见领航能力？这就需要在世道和人心之间找到准确的入口和出口，能精准把握时代和人心的脉搏。

第二，掌握表达之道。专业化的新闻评论是纸媒时代的产物，后来遭遇电子媒介的冲击，评论的形态随之改变，比如，广播评论以及电视评论等评论形态，被电子媒介赋予了新的表达手段和形式。互联网这种超级媒介铺天盖地而来，网络评论应运而生。互联网评论的表达边界大大拓展了。从表达主体来看，大量“草根”评论员的进入，改变的不仅仅是言论的分贝，关键是表达形式也大变。“草根”评论员从民间来，其身上带有民间的草莽和泥土气息，其言说风格也不一样。他们说话开口见喉咙，粗粝生猛，有清新之气。当然，“草根”评论员思想、能力参差不齐，价值观分殊也较大，表达手法和套路不尽相同。

第三，深谙网络传播堂奥。技术在变化，互联网表达技巧也要随之而变。但很多时候，网民已经“过河”了，评论者还在“摸石头”。互联网的即时性和交互性特质，要求评论者不能固守在自己的宅子里。“无社交，不新闻”渐渐成为当下传媒业的共识。同样，评论写作也进入社交化时代。社交化时代的评论写作，首先要求作者放低身段，不能带有居高临下的优越感，不论是道德优越感还是智慧优越感，都不能太露骨，否则，会对受众构成冒犯。其次，要求评论者在表达技术上不能“太 low”，而要习惯用受众喜闻乐见的形式表达观点和见解。比如，现象级公众号“咪蒙”的走红就与其迎合受众的趣味有关，咪蒙公众号的爆款与其曲意迎合受众的“重口味”密不可分。当然，咪蒙走上了另一个极端，一味讨好卖乖，曲意迎合，说到底是为了“圈粉”，盯着那份优厚的市场回报。网络时代评论者需要“卖萌”，但无原则、无节操的“卖萌”也是要警惕的。再次，评论人以生产观点内容产品为主业，但也需要懂得新媒体的技术机理。在传统媒体时代，评论员完成评论写作交给编辑就完事了，但在社交化的今天，仅仅完成写作这一环还是不够的，如今的评论一旦上线，才意味着互动的开启，受众的跟帖和回馈，需要即时关注，并给予及时的反应。也就是说，社交化的评论强调传、受双方的多回合互动。评论景观不再是评论员的“单口”表达，而是要评论者身处舆论现场，主演一场意见的演出。

虽说，评论需要移步换景，强调时空切换和“看人下菜”。但并不意味着评论写作就是流水的作业，没有什么稳定性。其实，评论写作有其稳态的东西，主要表现为：

其一，守望公共责任。美国新闻自由委员会（又称哈钦斯委员会）在其著名的《一个自由而负责的新闻界》中指出，没有哪种公共服务比传播服务更重要①。评论写作从事的即是传播服务。这种公共服务甚至要比律师、医生、教师所提供的还要重要，因为其影响面比后三者更广。评论作为公共性言说，须将公共利益放在首席位置。

其二，保持距离感。记者能够实现被普遍化的现代人的理想。他自觉把他的命运与时代的命运交织在一起，能够投身于当代的张力和现实，并对这些张力和现实采取一种反思的态度②。评论写作是一份积极“入世”的工作，但评论员的“入世”不是全然埋首于经验现实，而是要求眼界和识见均要高出一般人，要评论员有穿越世相和表象的能力，从这个意义上说，即要求评论

① 新闻自由委员会：《一个自由而负责的新闻界》，中国人民大学出版社，2004 年，第 48 页。

② 卡尔·雅斯贝斯：《时代的精神状况》，上海译文出版社，2005 年，第 91 页。

员有“出世”之努力，不仅能看到脚下的方寸土地，还能看到远方和天空。

其三，依循说服之道。评论写作就是用思想和判断去影响他人。言论表达就是说服他人的过程。在资讯高度发达的今天，依靠信息时差和落差去说服他人似乎越来越难了。在很多时候，受众掌握的资讯比评论员还要多，被说服者懂的道理被说服者还要多，传、受双方的观念的水位落差并不大，在这种情况下，评论员如何立言？这要求评论者具有更高的说服水平，深谙说服之道。关于说服之道，传播学者已做了比较精深的探索。比如，关于说服性观点的组织，也是很有学问的。霍夫兰、贾尼斯、凯利三人在其名著《传播与劝服》一书中提出，说服传播效果不仅取决于动机诉求的选择，同时也依赖于那些支持观点的论据组织方式。诸如，最有力的说服性观点是应该开门见山地表述，还是放在结尾说才比较好？哪些类型的内容明确陈述出来比较有效？哪些类型的内容最好暗示才会有效？从目前来看，回答这类问题更像是一种艺术而非科学，但对传播学者来说，他们更关心和感兴趣的是，当同样一则信息以不同的组织方式进行传播时，决定其传播效果的因素到底是什么？当然，只研究影响信息组织方式的理论因素，很难形成一个完整的理论体系，还需要将大量关于注意力、理解力、动机、学习的原理或因素纳入研究范畴[①]。毫无疑问，评论写作作为一种经验艺术，不太在意说服的理论之道，只是按照职业经验判断，文法组织该按照怎样的套路推进。其实，这种知其然不知其所以然的经验主义惯性，在互联网时代可能会遭遇不少困难。说服之道不仅仅关乎文法技巧，虽然它是一个关键环节，但不是唯一环节，知其一不知其二，是难以顺畅打通言论说服的所有关节的。

其四，执守常识。新闻业不需要有什么高深的知识和理论，虽然它以社会关怀为己任，但也不需要新闻从业者具备社会学家的理论和知识。新闻从业者的技艺来自于社会，是经验取向的，但应当对社会变化有过人的敏感和悟性。评论员以生产和传播思想和见识行世，但其思想和见识并不局限于专业领域，而与公共性同在。很多时候，评论员的思想和见识是常识级的。在一个“常识稀缺”的时代，可能就流行两种东西：一是没心没肺的傻乐、另外就是假正经和伪深沉。这两种东西都与人的理想心性和智慧绝缘。在浮华的红尘中，常识并不总是在场，而是经常被遮蔽，这就需要评论者从公共言说出发，打捞那些沉落的常识，对公共社会启蒙。

新媒体技术革命催生全媒体时代。新媒体革命深度改写了此

① 卡尔·霍夫兰、欧文·贾尼斯、哈罗德·凯利：《传播与劝服》，中国人民大学出版社，2015 年，第 99 页。

前报纸、电视台、电台等媒介形态各自为政、分而治之的媒介形态、深度。面对社会转型、传播技术革命以及传媒业洗牌的多重冲击，新闻传播人才培养如何开展已成为整个新闻传播教育界关切的头等大事。复旦大学新闻学院作为中国历史最悠久的新闻传播教育机构之一，有责任为新媒体时代的中国新闻传播人才培养探出一条新路。2013 年以来，我们聚焦新闻传播人才专业能力培养这个核心任务，着力打造适应新媒体时代需要的新闻传播专业能力培养框架，经过多年探索提炼，积累了一系列经验，尝试探索一条新闻传播专业能力培养的新路径。

当前中国新闻传播教育面临的最大短板是：与新媒体时代相匹配的专业实践能力的培养。新闻传播教育机构不能在象牙塔里培养人才，需要在时代和实践的激流中训练专业能力。我们的新闻传播专业教育必须激发学生对被新媒体激活、点燃的社会的强烈志趣，打开他们通往“新世界”的广角视野；必须催动学生运用新媒体时代所掌握的专业知识直面社会现场，强化他们理解社会、理解世界的专业能力，塑造他们正确的价值观和专业理念。新闻传播教育须打破因袭多年的传统教育方式，尤其要改变传统专业实践培养模式，改变传统“手工业”培养模式，以新的培养方式和路径，与全面打开的世界对接，与新媒体时代对接，与巨变的媒体生态对接。

我们尝试颠覆传统线性的、狭义的专业实践理念和框架，强化专业实践能力对“话语权”的掌控，意在保持与业界一线“零时差”。我们改变了传统专业实践局限于“小实习+大实习”的狭义实训框架，打破传统专业能力培养的线性流程，在学院与业界之间建立“旋转门”机制。通过导入业界资源，将实践端口迁移。这种模式创新适应了新媒体时代新闻生产和传播渠道“机构化”和“非组织化”并行的趋势。学生从传统实践的“喂食”吃到现在的“找食”吃，“话语权”的转换强化了新媒体时代学生全新的专业实践能力。我们与澎湃新闻合作，联合推出“记录中国”项目，开辟新闻传播专业“野外”训练场，将学生推向专业“深水区”，让其在实践的激流中试炼身手，强化其“野外生存能力”。我们特别感谢人民日报、澎湃新闻、上观新闻、浙江日报、中国青年报等多家媒体对复旦新闻专业实践改革、对我们新闻评论教育所给予的无私帮助，特别是澎湃新闻与复旦大学新闻学院的全方位合作，对于推动复旦大学新闻教育的转型功不可没。我们与澎湃新闻在新闻评论、“记录中国”、“非虚构写作”、数据新闻以及新型主流媒体指标体系研究等方面深度合作，结出了丰硕的果实。

本书收录的是复旦大学新闻学院学生近两年的评论作品，我作为复旦大学新闻学院评论课程老师，见证了这些评论新苗的成长，内心特别欣慰。看到他们拔节成长，见到评论从青涩渐向成熟，我就像一个专事稼穑的农民，春种秋收，心中洋溢着丰收的喜悦。平时，我虽然也从事业余评论写作，不间断有文字面世，但看到我们学生文章的发表，总比我自己文章面世还要开心。中国新闻评论的未来是这茬 90 后、00 后的年轻人的，即便他们现在的文章还不够纯熟，但把他们带入中国一线评论现场，在评论的深水区泅渡、施展身手，在实战中拓展训练，锤炼本领，让他们把握一线评论的道与技，深度介入中国新闻评论实践，告别坐而论道，在水里学游泳，结结实实地长肌肉、练筋骨，努力把这批“激扬文字”的新闻学子训练成为中国新闻评论的“青年近卫军”。

张涛甫

2019 年 9 月于复旦

陈禹潜
评论作品

《人民日报》评论

让青年持续拥有获得感

当代青年没有获得感、缺乏目标？面对社会上的一些片面观感，数据给出了更加客观的结论。日前发布的《社会心态蓝皮书：中国社会心态研究报告（2018）》显示，在所有年龄段中，21—30 岁的年轻人在“当前获得体验”一项得分最高，在“未来获得预期”一项同样位居前列。报告澄清了社会对青年的一些误读，也显示出中国青年不甘平庸、锐意进取的积极心态。

根据蓝皮书定义，获得感主要指民众在社会中通过努力，从而获得提升、肯定和奖赏之后的认知体验。随着中国经济和社会的进一步发展，获得感早已不仅仅是吃饱穿暖，而是涉及教育、就业、医疗、法治等多个维度的“综合指数”。青年在这一项上的高分，一定程度上折射出中国社会在各个方面取得的巨大进步，给予青年的成长空间更加广阔。当外卖小哥雷海为在《中国诗词大会》夺魁；当一批批“90后”青年走上工作岗位，报效祖国；当归国创业的留学生日益增多，“回祖国去”成为潮流……可以说，今天的中国，比以往任何时候都拥有更优良的条件，让青年有“立志做大事”的激情和期待。

除了客观数据传递出的青年状态，中国青年的价值观也非常正向积极。《社会心态蓝皮书》根据大量问卷调查得出，“90后”青年个人普遍持有正向、积极的社会价值观，重视集体主义、人文关怀和权利平等。另一项针对青年大学生的调查显示，76.4%的受访大学生将大学看作人生奋斗的新起点，80.3%的大一新生对此表示认同。大学生们的雄心壮志，反映出当前青年一代昂扬的理想信念和精神状态。青年兴则国家兴，青年强则国家强，青年的高获得感和正向价值观，必然会给整个社会发展增添强大动力。

同时也要看到，青年获得感数值稳步提升背后，也潜藏着一定程度的压力。这其中，有一些是工作的压力，比如初涉职场，工作技能生疏，岗位竞争激烈；有一些是生活中的困扰，比如刚入社会，收入不高，生活开销负担较重；还有一些是未来的不确定因素造成的困惑，比如没有清晰的职业前景和规划，等等。一些年轻人在面对压力时心理“内存”不够，导致了心理问题的恶性循环，被专家称为“压力自我复制”。化解“青春烦恼”，需要有意识培养良好的心理素质，端正“三观”，经风雨见世面，创造出人生更多的可能。

没有谁的青春是容易的，春天有鲜花也有泥泞。习近平总书记指出，“新时代是奋斗者的时代”。新时代的青年群体，需要更加奋发向上，勇做生活的强者。长征七号火箭的科研团队平均年龄不足35岁，担纲研发C919的中国商飞35岁以下的年轻人占70%以上；还有“90后”副院长刘明侦，“90后”女博导杨树，新时代的青年正以奋斗者的姿态，靠自己的双手创造更加美好的未来。对全社会来说，要对青年群体多一分理解、包容与帮助。多解决青年群体的现实难题，向他们敞开机遇之门，帮他们涵养信心与耐心、纾解压力，让更多青春身影轻装前进、踏实奋斗。

“青春须早为，岂能长少年。”青年的成长推动着社会进步，青年的诉求也是人民对美好生活向往的重要部分。让青年持续拥有获得感，给青年更好奋斗舞台，用青春作桨，驶向梦想彼岸。

（《人民日报》，2018年11月16日第9版）

景区之美在文明

“你配不上朋友圈晒出来的美图!”最近，一组景区不文明现象的图片，让很多人发出这样的疾呼。青海茶卡盐湖变身“垃圾场”，甘肃张掖丹霞地质公园的丹霞地貌被肆意踩踏，茶马悠游的生态天堂川藏线布满垃圾……种种不文明现象提示人们：维护旅游美景不仅关乎生态，也关乎公德。

随着生活水平的提高与交通的愈发便利，越来越多的人在节假日选择出游。数据显示，上半年国内旅游人数达到28.26亿人次，青海湖与茶卡盐湖进入暑期以来日均游访车辆超过1万辆。密集的旅游人群，给景区带来了不堪承受的压力，也考验着游客的文明素养。在风景名胜区拍照可以理解，但也应该维护景区环境和公共利益，避免出现不文明现象。

身正而后令，富民而后教。要解决部分游客公德缺失的问题，需要从制度到理念的多管齐下。对此，国家旅游局已经出台了《关于旅游不文明行为记录管理暂行办法》，将一些造成严重不良影响的行为，纳入“旅游不文明行为记录”。同时，应着力构建更加完备的信用体系，督促人们在日常生活中文明守信。除此之外，教育部门也应加强学生的道德教育，从小培养公德意识，让文明的种子深植在每个人的心底。

（《人民日报》，2018年9月6日第5版）

会员经济尤需监管护航

时下，为了追独播剧、享受购物优惠等，主动成为各种网站会员的网民不在少数。最近有媒体报道，一位杭州小伙在会员充值上一年花费超过5 000元，如此多的金额引起不少讨论。

会员充值的商业模式并非近几年才兴起，早在十几年前，不少聊天软件和电子游戏就已采用。但与十几年前不同，如今，会员充值越来越常见，甚至逐渐成为生活与娱乐消费的“标配”。不论是购物网站上可观的折扣，还是视频平台上减少广告、提前看剧等福利，抑或是游戏空间令人羡慕的道具，绝大多数网络服务把会员作为增值的必选项。伴随充值数额逐年上涨，有人惊呼：“超级会员时代已经来临！”

会员充值市场异军突起，离不开互联网的普及和发展。今天互联网技术成为公共基础设施一部分，“飞入寻常百姓家”的各类终端应用，镶嵌到日常生活的方方面面：外卖软件让人足不出户遍尝美食，支付软件让人只需带手机就可消费无阻，即时通信让人“天涯若比邻”……当互联网不断拓展人们行动的空间、提升生活的便利和品质，“会员制”这一实业时代就有的商业模式自然获得新的生机。

如果说互联网是会员充值得以成长的土壤，那么人们消费习惯转变则是“超级会员时代”来临的催化剂。去年我国居民恩格尔系数为29.39%，第一次进入联合国划分的20%至30%富足区间，中国人的消费场景更为多元，中国人对精神文化消费更为看重。从为了柴米油盐精打细算，到可以为追剧、演出花费不菲，从追求吃饱穿暖，到讲究服务更加便捷、舒心，消费升级过程中，愿意为享受会员服务花点钱也就不难理解了。

生活方式与互联网深度融合，越来越多人为会员买单，会员充值正在改变互联网的游戏规则，催生新的经济业态。据一份报告显示，当下的头部消费者，对品牌和服务商产生了更高的归属需求，这在一定意义上就意味着以往一直奉行的“免费法则”将可能被付费所取代，由此亦将带来内容产业的起飞、互联网经济的跃升。有分析师预测，相比较当前的4 440亿元，到2022年内容付费规模将高达8 290亿元，游弋在这片蓝海上的企业，将会迎来非常可观的市场前景。

争夺市场这块蛋糕，其实更应注意如何把蛋糕分好。会员模式主导的内容付费产业，适应了人们新的消费需要，但如何让行业发展始终沿着健康、有序的轨道，值得深思。当前，一些视频网站即便购买了会员还需要观看15秒的广告，被批评为“吃相难看”；有些利用不对等协议，暗藏猫腻；有的说得好听，承诺的服务却大大缩水，甚至拿了会员的钱“跑路”……凡此种种提醒我们，“会员经济”同样需要监管护航，保障商家产品与服务的质量，让消费者的钱花得好、花得值。

当然，对于消费者而言，在网络会员盛行的时代，也需要问一问自己，究竟是不是需要开通那个会员。如果一时冲动花了冤枉钱，或者被琳琅满目的会员迷了理性选择的双眼，恐怕得不偿失。

（《人民日报》，2018年9月4日第9版）

IG夺冠：这“电竞”，不一定是那“电游”

睡前聊一会儿，梦中有世界。这几天，IG电子竞技俱乐部获得2018英雄联盟全球总决赛总冠军的消息刷爆网络。中国电竞终于登上了世界之巅，LPL（中国英雄联盟职业联赛）等待已久的这一个世界冠军，一时间激起多少玩家的热泪。受党报评论君的邀请，今晚我们就来聊聊这事儿。

其实，英雄联盟火爆也不是近两年的事情，笔者玩这个游戏的时候还是在遥远的S3赛季，那时候大家的竞技水平都还不高，身边的朋友有上了钻石段位的都会引来艳羡与崇拜的目光。而2013年的那场全球总决赛，来自中国的皇族战队惜败对手夺得亚军，也成了这一批英雄联盟玩家心里的遗憾。这也是为什么苦苦等待了八年的冠军，终于被中国战队收入囊中的时候，玩家们的欢呼雀跃通过网络端口扑面而来，即便我们未临现场，也能清晰感知。

庆祝的心情是复杂的，有等待多年的激动，有击败所有国外战队的扬眉吐气，但是最主要的，可能还是自我认同感的实现。很长一段时间，电子竞技的“名声”似乎并不太好。即便早在2003年，电子竞技就成了国家体育总局正式承认的第99个正式体育项目；即便在今年的雅加达亚运会上，电子竞技中国代表队斩获两金一银，但直到今日，电子竞技还是被许多家长简单地看作网络游戏，视为“电子海洛因”，拼搏其中的年轻人不会被称为“追梦者”，往往还被贴上“不务正业”的标签。

家长的排斥、社会的担忧，并非没有道理。毕竟单从观感来说，电子竞技与普通网络游戏的界限似乎并不那么清晰。但事实上，真正的电子竞技绝非玩游戏、娱乐消遣那么简单，其价值和许多脑力竞技项目相似，涉及非常复杂的手、眼、脑的协调，考验玩家的神经反应速度、策略计算、团队配合甚至空间想象能力。职业玩家、电竞选手的训练操作要求，和我们日常游戏娱乐完全不在一个层级。

IG的夺冠，对于曾在“瓦罗兰大陆”战斗过的玩家们，也许意味着青春画上了完美的句号，也许会唤醒当年通宵达旦的记忆、重温战斗的乐趣。但面向未来，是否意味着更多的青少年可以凭借“三分钟热情”把投身电竞作为自己的职业规划，甚至打着电竞旗号理直气壮地沉迷游戏？答案显然是否定的。电竞的职业选手并非没有门槛，英雄联盟著名职业选手 UZI 曾在采访中表示，电子竞技也需要很高的天赋和相对专业化的训练，不是所有人都能够走上职业道路。

我们看到今天 IG 战队登上冠军宝座，赢得了无数人的点赞，但如果没有看到背后的艰辛付出、竞争残酷就冲动加入、盲目沉迷，最后只能是空耗时间、耽误学业。当电竞成为一时热点，吸引到更多关注，更需要引导青少年去认识、去理解“竞技”与“游戏”之间的区别。没有自控力成不了“头号玩家”，反而容易沉迷其中。毕竟，电竞赛场扬眉吐气，源于平时工作、生活乃至训练时的凝神定气。

看到 IG 夺冠之后刷屏的消息，有这样一个细节非常有意思，许多不了解电竞行业的人以为是埃及（IG 的谐音）夺冠了：“怎么这几天都是埃及的消息？法老复活了？”电子竞技能够真正得到大众文化的接纳，或许还需要时间，但必须承认，它已经成为影响一代人的新兴文化符号。当 IG 证明在电子竞技领域，中国人也能拿世界冠军，也能为国争光的时候，许多玩家们哭了，他们哭的或许不是冠军，而是久久不被承认的自己。今天，激动也好，流泪也好，全社会对待电子竞技还是需要一个理性的认知、一个成熟的心态。唯有如此，才能引导它走向健康发展的未来。

这正是：不堪回首心深藏，一朝夺冠眉飞扬。为谁欢喜为谁泣，青春拼搏为梦狂。

（人民日报新媒体，2018 年 11 月 5 日）

你恭维我讨好，家长群变成什么群

家长群成了“拍马屁群”？成了布置作业群？最近，青海省西宁市城西区教育局针对一些微信和QQ家长群的情况，出台家校网络交流平台“五要五不要”规定，比如“批评表扬不发，拉票评比不发”；比如“要注重实效，要文明有礼”。这一规定引来广泛关注，应党报评论君的邀请，今天我们就来聊聊家长群里的那些事儿。

建立家长群的初衷很好，既能节省老师工作时间，也能让家校沟通随时在线。而大多数家校沟通，也总能保持在一种必要但不过分的限度内：合适、和气、和睦。为班级事务群策群力，互相交流信息，都不是坏事。而对一些不在孩子身边的父母而言，他们更需要这样的平台。他们可能较少主动联系老师，也没时间赶回去参加孩子的家长会，家长群让他们与学校建立起联系，成了解儿女的一个重要“窗口”。这里有一份难得的安心。

然而，也免不了有极端案例。比如有新闻报道，有家长在群里侮辱、威胁老师，也有家长喜欢在群内对着老师溜须拍马，有老师喜欢在群内发号施令、公布孩子成绩等，这些情况引起一些家长反感。

就像很多工具一样，家长群也有“两面性”，而关键在使用者如何掌握好“度”。家长群的种种问题，其实也是个“度”的问题。有的是因为在频度上过了，每天在群里向老师发很多次信息，或者索性将家长群当作晒娃自留地，让其他家长不堪其扰、不知所措。有的呢，是老师在界限上过了，将家长群变成了唯我独尊的舞台，教训完孩子开始训斥家长，同样让孩子父母不知如何是好。

家校群本应该有良性的小生态。这次青海省西宁市城西区教育局的一纸规定，可谓是点到了点上。“休息时间不要发”“作业、成绩排名等不要发”“避免‘拍马屁群’的出现”等规定，正是要将家校联系拉回到应有的定位。

其实，让家长群更加“健康”，不仅是要为家长减负，更是为了孩子的成长。让孩子在学校学会独立处理自己的事务，本身就是教育的重要组成部分。成长的功课，绝不应该由家长越俎代庖。家长群里不适合公开奖惩，也不难理解。塑造人格完善的教育，要给孩子适当的空间和秘密。凡事都由家长与老师直接沟通了，其实不仅增加孩子的依赖感，也不利于培养孩子自我消化的能力。比如，一次考试考不好，也许孩子就自我消化了，暗暗努力，下一次就考好了。非得凡事汇报，只会抑制这样的自我修复、自我提高能力。

当然，“有人的地方就有江湖”，家长群也不例外。笔者身边的不少家长，其实挺怕家长群的。有的家长总爱在群里分享，带娃上哪旅游去了，或者孩子又拿什么奖项了。一些人对群内老师的恭维，也会让人手足无措：跟也不是，不跟也不是。攀比之心一起，焦虑之情顿生。听着听着，“别人家的孩子”真不得了！那赶紧送自家娃去培训班吧。很多超前教育、过度教育正是在这样的生态下诞生的。

家长的苦心不难理解。涉及下一代，自然慎之又慎、重之又重。对老师恭恭敬敬本没有错，无非希望老师能多照顾自己孩子一些。当然，一些老师也明白，“妾之美我者，畏我也；客之美我者，欲有求于我也”，因此索性制定了“老师攻略”：尽量不进群，进群少说话；还有的将家长“禁言”，只有老师能发送通知；有的则和家长“约法三章”，不说闲话，加强信任和尊重……这些民间努力和“五要五不要”的规定大体相同，都是为了让家校沟通回归良性轨道：诚恳交流，但不过度交流。

孩子需要成长，家校之间的沟通方式或许也要成长。长期以来，教师的“家访”、学校的“家长会”“开放日”等，都是家校沟通的一个方式。即便“键对键”让沟通更便捷了，这样的“面对面”也是不可或缺的。把“面对面”和“键对键”结合起来，把学校教育与家庭教育结合起来，共同帮助孩子们更好成长，才是家校交流的“王道”。

这正是：家长群闪亮登场，少一些功利思想。把握好使用分寸，与孩子一起成长。

（人民日报新媒体，2018年10月18日）

你的举止，
要配得上你朋友圈的光鲜

睡前聊一会儿，梦中有世界。大家好，受党报评论君邀请，今天我们来聊一聊公德心。最近有条新闻很火，一位女子在张掖七彩丹霞景区游览，翻越护栏去拍照，工作人员多次大声劝阻都没用，就是不出来。问题是，张掖丹霞地貌属于不可再生资源，一个游客踩的脚印，在地表上可能需要六十年才能恢复原貌。留下这样的脚印，难道是要让后人来考古吗?

照片拍得好，朋友圈是丰满了，可旅游资源却“骨感”了。“你脚下的世界，和你朋友圈照片里的世界，是同一个世界吗?”这句话，或许会让你我在内的很多人都陷入思考：自己的行为举止，是否真的配得上朋友圈里的光鲜？确实，随着生活水平的提高、交通的愈发便利，走出家门不再是难事。根据文化和旅游部公布的数据显示，上半年国内旅游人数达到28.26亿人次，一些网红景点更是热闹非凡，比如著名景点青海湖与茶卡盐湖进入暑期以来，日均游访车辆超过一万辆，盛况空前。

苏轼说：惟江上之清风与山间之明月，耳得之而为声，目遇之而成色，取之无禁，用之不竭。他老人家很早就认识到风景是

用之不竭的公共品。但事实上，这有一个前提：对于山川美景要有爱，要有集体的呵护。从曾经被广受批评的“到此一游”，到茶卡盐湖变身“垃圾场”，再到张掖丹霞地质公园被破坏，乃至珠峰之上的垃圾负担，脆弱的环境承载力不断提示人们：旅游是放飞自我，但更要懂得约束自我，争做线上的“红人”，更要做线下的文明人。罔顾基本规则，忽视文明底线，不仅现实美景难以维系，朋友圈中的美图更是成了一种反讽。

今天的社会中，我们可以明显地感受到两种共生的社会心态：一方面，个人感受被更加珍视，“世界那么大，我想去看看”，“我”的地位在突出，从心所欲的价值取向更加明显；但另一方面，人们也对公共生活提出了更高要求，对个人行为的边界有了更清晰的认知，对于违反公德的行为越来越无法容忍。如果对自己的“一亩三分地”极为珍视，对他人的权利则全然不顾，这就会是这两种心态最坏的相处模式；最好的相处模式是“己所不欲，勿施于人”，在维护公共规则的前提下，维护个人的权利。

如果光看面对不文明行为时的“愤慨”，或许会觉得今天社会文明已经有了很高的“水准”。从高铁“霸座哥”被谴责，到之前高铁上扒门的女教师，类似的社会新闻频频引发关注甚至遭到“人肉”，人们内心对公共生活之善有了更高的期待。然而，从全社会角度来看，要将对他人的凛然正气，落实为对自身的时刻内省，不仅需要知道什么是文明，更需要用行动传递出文明。

提升全社会的公共规则意识，不仅需要道德的教化，也需要制度的力量。毕竟，很多时候，淹死人的“口水”不如一条规则更有约束力。从《国务院关于印发社会信用体系建设规划纲要（2014—2020 年）的通知》《国家旅游局关于旅游不文明行为记录管理暂行办法》的颁布，再到高铁不文明乘客被永久列入黑名单，公民信用记录制度的实行，对社会不文明行为已产生良好的遏制效果。接下去，要更好发挥制度的约束作用，就要让信用体系涵盖社会方方面面并形成治理的网络，让行为不文明者更加寸步难行，倒逼全社会文明素养的进一步提升。

这正是：朋友圈里晒美景，红人线下不文明。公共秩序要遵守，“放飞”也守公德心。

（人民日报新媒体，2018 年 9 月 3 日）

小胖墩、小眼镜扎堆，怎么让孩子更好成长

睡前聊一会儿，梦中有世界。受评论君之邀，今天我来和大家聊一聊儿童健康的话题。

大家有没有发现，身边的“小胖墩”“小眼镜”越来越多了？据媒体报道，近年来，我国3至6岁幼儿的肥胖率和近视率持续攀升。超重和近视，已经成了我们必须重视的“隐形健康问题”。

小小年纪就超重、近视，问题出在哪里？最直接的原因显而易见，是不够节制的饮食和过度使用电子产品。各式各样的零食、琳琅满目的玩具、唾手可得的智能手机……相比光着屁股满田野捉青蛙、逮蚂蚱的“放养式”教育，成长在当下的孩子，物质文化已经丰沛太多。然而，孩子们自控能力不足，在高热量、高脂肪的食品产生的香味前口水“直下三千尺”，容易上瘾的手机游戏让许多孩子朝思暮想、抓耳挠腮，往往不知不觉就“过犹不及”了。孩子发育的关键时期，营养摄入过度、电子产品使用过度，长此以往带来的自然是体质下降。

儿童体质欠佳，还有一个重要原因就是缺乏体育锻炼。早在2012年教育部就颁布了《3—6岁儿童学习与发展指南》，提出幼

儿应每天参加体育活动两个小时以上，其中一小时应为具有一定强度的户外运动。但就目前来看，国内绝大多数幼儿园老师只注重孩子的文化艺术教育，体育教育还是一块急需补上的“短板”。有的幼儿园难以保障孩子运动的足够时间和空间，有的所谓体育课就是让孩子玩玩，有的把孩子每天的跑跑跳跳视作运动量，客观条件的限制、急功近利的心态、思想认识缺失，给孩子的健康带来不利影响。

“父兄之教不先，则子弟之率不谨”，在孩子健康问题上，家长作为第一责任人，丝毫马虎不得。现实中，一些忙于工作的父母并没有耐心陪孩子，往往是孩子想吃什么就吃什么、想玩什么就玩什么，用“买”字替代了关爱。甚至用手机、用平板电脑，让孩子长时间保持安静。相对孩子教育上“懒惰”的父母，还有一些是不明白正确的方式——对孩子适合什么食物茫然不知，对电子产品上瘾的危害一知半解，对如何促进孩子身心发展糊里糊涂。这些启示我们，幼儿的体质健康问题，家长重视起来只是第一步，更重要的是改变落后的育儿观念、采取科学的教育模式。

有人说“不经过思考的人生是不值得过的”，其实没有经过认真思考的教育也是含金量不高的。在容错率不高的孩子教育上，需要家长尊重科学、慎之又慎，也需要学校、政府、社会共同探索。比方说，幼儿运动不足很大程度上是对体育重视不够，如何培养孩子爱运动、愿意运动的心态，形成重视体育的社会风气？再比如，儿童体质监测已经开展多年，起到了强有力的督促作用，但还需要进一步写好“优化体育课程设计、科学指导儿童锻炼”的文章。解决好这些问题，方能为幼儿体质提升奠定一个良好的基础。

近年来，幼儿体质问题受到全社会高度重视，新修订的《幼儿园工作规程》，要求对每个幼儿园进行体质检测；前不久，教育部、国家卫生健康委员会共同起草并发布了《综合防控儿童青少年近视实施方案（征求意见稿）》，拟将近视率纳入政府考核指标。陆续出台的政策、各地进行的探索，或许为解决这一问题打开了乐观的一面。但说到底，在物质更加丰裕的今天，孩子成长对父母和社会都提出了更高的要求，培育出健康的“祖国花朵”需要适宜的环境，更需要科学用心的浇灌。

这正是：垂髫难识利弊，健康岂能放任。

（人民日报新媒体，2018 年 8 月 15 日）

喜茶杜蕾斯文案被群嘲，营销靠软色情必然翻车

4月19日，喜茶与杜蕾斯在微博互动，文案为“第一口最珍贵”，海报配文为“今夜一滴都不许剩”。随后，喜茶在该条微博下评论：“你唇上始终有我的芝士。”

杜蕾斯和喜茶两大网红品牌联手，发的又是如此具有“性暗示”的广告，很快引起一片哗然，不过以负面评价居多，有网友表示：“很长一段时间内对喜茶有阴影了。”“这个广告令人作呕。”4月20日，喜茶致歉，杜蕾斯也更改了文案与海报。

这是杜蕾斯发起的一项品牌活动中的一个案例，除了喜茶，杜蕾斯跨界的对象还包括淘票票、饿了么等品牌。因为在海报和

文案风格上打擦边球，让人产生性联想，而被网友吐槽“油腻”。

杜蕾斯的文案和海报一直以“创意”著称，最鲜明的特征是，它“蹭热点”的功力强大，因为其病毒传播的调性，经常会引发不错的传播效果。但是常在河边走，哪能不湿鞋？此次“翻车”，表面上看是没有把握好“抖机灵”的尺度，将“性”的元素延伸到了食品领域，引发公众产生不适的心理反应。但进一步看，反映了一些企业想要通过“软色情”等低俗营销赚足眼球的错误理念。一次打擦边球可能是灵机一动，次次打擦边球就是不惜在法律边界试探博眼球。此次杜蕾斯的“翻车”，可以说是长期侥幸下的必然结果。

近年来，“网红化”和“蹭热点”成了商家最爱的营销手段，通过抖机灵的文案扩大商家知名度的现象层出不穷。但是抖着抖着，专走“下三路”、打“软色情”擦边球的广告营销越来越多。比如，曾在网上引发群嘲，随即被主管部门重罚或勒令整改的绝味鸭脖与椰树椰汁。

营销，是利用顾客的想法和意见来达到自己的商业目的。但在产生了广泛影响后，文案、海报也成了一种内容产品。如果低俗不堪，必然产生负面效果。对此，《广告法》明确规定，广告不得妨碍社会公共秩序或者违背社会良好风尚。今年 4 月，全国“扫黄打非”办公室也表示，涉及“软色情”的低俗广告营销可能会冲击青少年的心理防线和道德底线，必须予以严厉整饬与规范。

不管是偶然性地打“软色情”营销广告，还是在一次次试探中尝到甜头，进而愈发挑战公众接受底线的惯性行为，监管部门都应依法予以惩处，防止这种错误的营销思路继续存在。企业也应看到，广告营销是企业价值观输出的一个出口，守法和维护公序良俗是起码的要求。

（澎湃新闻《马上评》栏目，2019 年 4 月 23 日）

怀孕女员工遭辞退：职场歧视违法，舆论歧视寒心

据报道，28 岁的王女士年初入职了大连一家公司，试用期 1—3 月。4 月 13 日，王女士发现自己怀孕了，主动告知领导，称产假期间也能够继续工作，但领导表示要辞退她。

该公司做得对不对，法律早有定论。根据《劳动合同法》：“试用期包含在劳动合同期限内。劳动合同仅约定试用期的，试用期不成立，该期限为劳动合同期限。”也就是说，试用期劳动关系属于正常劳动关系的一部分，试用期员工享受正式员工同等的劳动权益。而根据《劳动法》：“女职工在孕期、产期、哺乳期内，用人单位不得解除劳动合同。”同时，《女职工劳动保护规定》也规定：“用人单位不得因女职工怀孕、生育、哺乳降低其工资、予以辞退、与其解除劳动或者聘用合同。”就此来看，王女士的公司已经涉嫌违法。

可以说，我国关于女性职工保护的法律法规已经渐趋完善，无论是求助于工会还是诉诸法院，都能够得到立即响应。此前，石家庄一银行规定，女职工生育要向单位申请，如未被批准，要实施医学流产或接受处分。在工会的介入下，这一奇葩规定立刻

被废除，被侵权女职工的工作和待遇也得到恢复。

类似的例子还有很多。这些不屈服于职场歧视、坚定维权的勇敢女性，不仅为自己要回了应得的权益，也鼓舞了无数遭遇不公的职场女性抛弃沉默和隐忍，依法维权。这是现代职场女性个人权利意识的觉醒，是巨大进步。从某种程度上说，正是她们的努力，更守法文明的职场环境才逐渐形成，她们理应得到社会的肯定和赞许。

但不知从何时起，类似新闻爆出后，网上总会出现这样的声音："刚入职就怀孕，就是准备去混日子的吧?""企业不开除这样的员工，会亏死的。""试用期就是公司用来挑人的，怀孕了不辞退你辞退谁?"

客观地说，不排除少数女性有自己的小心思，但在用人单位与员工强弱地位对比明显、员工维权仍较艰难的今天，有足够的理由相信，大部分因怀孕遭辞退的女员工，仍是利益被侵害的一方。即便用人单位坚持自身占理，完全可以通过劳动仲裁或诉诸法律等方式讨回公道。

理解被辞退女职工的困境和委屈，支持她们的维权，是公共舆论仍应坚持的立场。退一步说，即便无法对其产生理解和同情，也不能在毫无依据的前提下，妄自猜测她们的动机，甚至将她们正当的维权行为污名化。要知道，你的一句脑补式的话语，无异于在刚丢了工作的人心头撒上一把盐。

身处职场，我们每人都可能经历歧视和不公。营造守法有序的职场环境，让用人单位和员工在法律与平等的条件下对话，离不开每一个职场人的努力。如果在事情没降临到自己头上时，冷眼旁观甚至对维权者冷嘲热讽、肆意羞辱，当有一天自己也遭遇类似对待时，又将情何以堪？

消除职场中的性别歧视、生育歧视，制度层面的紧箍咒早已越收越紧。2019 年 2 月，人社部、教育部等 9 部门联合发布通知，各类用人单位、人力资源服务机构在拟定招聘计划、发布招聘信息、招用人员过程中，不得询问妇女婚育情况。这种对育龄女员工的“暗”歧视都已被摒弃，像王女士遭遇的那样明目张胆的歧视，更是没有被理解和原谅的理由。

制止用人单位种种不法行为、维护员工合法权益，需要法律和制度层面的完善，劳动保障部门、工会等机构的严格监管，需要用人单位更依法规范运作，需要女职工强化维权意识，但舆论场上不跑偏、不失焦的声音，同样重要。不要让在职场遭受性别和生育歧视的女性，再寒心于舆论歧视。

（澎湃新闻《马上评》栏目，2019 年 4 月 19 日）

“996”工作制：当以高压监管扭转高压加班

在程序员圈子里颇有名气的代码托管平台 GitHub 上，有人发起了一个名为“996. ICU”的项目，戳到了众多程序员的痛处和泪点。一时间，关于程序员职场生存状态的讨论又迎来一波热潮。

“996. ICU”的全称是“工作996，生病ICU”，源自程序员之间的一种自嘲说法，意思是如果按照“朝九晚九，一周六天”的模式工作，迟早得进 ICU（重症加强护理病房）。

“996”模式在互联网企业是非常普遍的存在，在“996. ICU”上曝光的几十家互联网企业里，华为、阿里巴巴、蚂蚁金服、京东、搜狗、58 同城等企业均上榜。

这其中，明者如杭州一家电商公司甚至强行推行“996”工作制度，其 CEO 在面对公众质疑时回应称：“这次绝对是好事，会让更多人了解有赞的文化，也会让更多人进有赞的时候谨慎考虑下。”一时间激起了强烈的舆论反弹，毕竟在此之前，“996”虽然在圈内很常见，但多数企业对外还是持遮掩或暧昧态度，这样赤裸裸“炫耀”的实属罕见，让人震惊。

大部分互联网企业不会明面上强制要求员工加班，但奉行另一种隐形的“996”：不公开发文或明确要求加班，但是真正按点上下班、拒绝加班的人，会在相应评价体系中受到排挤和差评，影响收入、晋升，甚至失去工作。这样所谓的“弹性工作时间”遵循的不是市场规则与正向激励，而是“以上临下”的强制逻辑与行政管理思维。

想想也知道，企业所谓的“为情怀奋斗”“为理想加班”的鸡汤式话术，实质上就是对员工剩余价值的压榨。至于员工的合法权益，包括基本的健康权，在企业利益面前似乎都可以忽略不计。

其实，IT 行业作为加班的“重灾区”，只是问题暴露得最多。现实中，过度加班是跨越了某一具体行业的。智联招聘发布的《2019 年白领生活状况调研报告》显示：仅有 18.05%的白领不需要加班，有 9.18%的白领平均每周加班时间在 20 小时以上。这一代上班族就好像被拧紧了发条的木偶，被压得喘不过气来。在这样的加班态势下，住进 ICU 绝非笑谈，或许是部分行业的真实写照。

很多人也都知道，法律对员工劳动时间一直都有明确的规定，根据《中华人民共和国劳动法》，“国家实行劳动者每日工作时间不超过八小时、平均每周工作时间不超过四十四小时的工时制度”。如果相关用人单位违反这一上班时间规定，“由劳动行政部门给予警告，责令改正，并可以处以罚款”。若是用人单位违反《劳动法》，员工可以申请劳动仲裁让企业整改，拒不执行的可以让法院强制执行。

但在现实中，一则，为了保住饭碗，员工直接申请仲裁的几率小得可怜；二则，企业包装的“弹性工作制度”也让核算加班时间变得十分困难，员工很难拿出直接证据证明自己的工作时长。多数人除了继续默默忍受，别无他法。

过去几年，“996”工作制屡屡见诸报端，但是员工的反击、媒体的批评，对企业来讲好像都打在了棉花上，“不痛不痒”。

企业过度加班、员工疲于应对的长期存在和加剧，造成了较为严峻的劳动维权现状。指望追求利润的企业主动改变并不现实，各级劳动权益保障机构等职能部门和工会组织理当出手，加强监管力度，约谈相关企业，帮助员工维权，建立常态化的监管制度并确保高效运转，以“高压监管”扭转“高压加班”。

现代职场人压力山大，但无论如何，敬畏法律、尊重员工基本权益的底线，不能被轻易践踏。保护好员工的正常劳动时间的权益，就是维护社会心态，提升人们获得感和幸福感。解决“996”的剥削是严肃的法律命题，也是人文命题，是到了该重视和严肃对待的时候了。

（澎湃新闻《马上评》栏目，2019 年 4 月 9 日）

差评也造假？
网购评价体系的漏洞该补补了

电商平台找人刷好评，花式吹嘘自家产品和服务，很多人都见识过。但现在，又出了刷差评的新套路。

刷差评不是消费者表达不满，而是商家和花钱雇的“托”合伙打的另类广告。先由专职刷评价的从业者设计好场景，假扮消费者提出差评，再让商家“表演”对待差评顾客的耐心，最后双方上演化干戈为玉帛的“大戏”。

真是演得一手好“双簧”。这种把消费者当猴耍的行为，让不少人感慨：“连差评都能造假，还有什么是真的？”

今年1月1日起施行的《中华人民共和国电子商务法》第十七条规定：“电子商务经营者不得以虚构交易、编造用户评价等方式进行虚假或者引人误解的商业宣传，欺骗、误导消费者。”也就是说，消费者如果被假差评误导，可以通过法律途径维权。

在电商治理法治化的大势下，对刷评价的监管和惩戒力度肯定会越来越严、越来越重，灰色产业链的空间必然进一步缩小。但是光靠法律惩戒和政府监管，一些热衷刷评价的商家仍然有空子可钻。

首先，刷单者组织严密，一般无“业内人”介绍，仅靠网络搜索很难获得有效信息，给监管带来了难度。同时，刷评价对消费者的侵害止于欺骗，而不发生直接利害冲突，很多消费者畏于取证难，多抱着息事宁人的心态，进一步提高了监管门槛。

在这种现实下，企业乃至行业自身的监管和评价体系是一个不能缺少的补充。在前一阵密集的电商企业假货报道之后，多个平台推出一系列针对假货的举报、打击措施，卓有成效。刷评价一事亦然，交易平台甄别用户账户，补足评价体系的漏洞，让投机分子无机可乘，或是更有效的自我监管方式。

刷评价这一行为，暴露了电商企业的一些内在缺陷。有业内人士透露：“如果你坚持自己的原则不去刷，到最后你会发现你的生意在走下坡路。”如果不刷评价就是“等死”，在劣币驱逐良币的氛围下，商家铤而走险就不难理解了，没人会觉得自己是那片有责任的“雪花”。打破平台、商家、刷评人员、评估体系的无解闭环，才能让刷评价的不良风气减弱，直至消失。

规避评价造假，也需要行业引导。电商行业应出台对策，规避商家争相刷单的恶性竞争。否则，一旦引发信用崩溃，对企业经营、消费者利益乃至新零售业态发展，都是巨大的伤害。

（澎湃新闻《马上评》栏目，2019 年 4 月 3 日）

出没出过国，都需要学好英语

一场关于“要不要学英语”的辩论登上了热搜。网友花千芳发微博称“英语是一种废物技能”，适用面很窄，全民学英语是极大的浪费。王思聪怒怼其没有出过国，称“尽管出国可以用翻译软件，但这些软件并不能翻译出文化”。花千芳则回应，“语言是文化的基础，语言西化思维就西化”。

此次争论最后变成了对“出没出过国”的人身攻击，让人遗憾，但唇枪舌剑间，再次将一个容易引发口水战的话题拉到了公共讨论空间：今天，我们还要不要学英语？

只要上过学的人，几乎都有学英语的共同记忆。无数个不眠之夜的挑灯夜战，拿着单词书徘徊默记的抓耳挠腮，学生时代的学习更多是应试色彩。很多人学了十几年，依然不具备基本的交谈能力。步入社会后，不少人也发现少有机会用到英语——遇见外国人时的张口结舌毕竟也只是少数而瞬间的尴尬……似乎，我们花大力气学英语，价值并不大。所以，“英语无用论”的说法也很常见。2017 年，全国人大代表李光宇建议“高考取消英语科目，把中小学生的英语必修课改为选修课”，就曾引发热议。

但我个人还是认为，完全否定英语的作用有失偏颇。

纯粹从效用来评判英语的作用，本身就落入了功利的陷阱。在学习中，很多的学科并不能简单地从功能性来考量，毕竟大部分学科在工作之后都不会成为安身立命的本钱。除了英语在工作上少有人用到，物理、数学、美术等学科在生活中的适用面更小，但这些学科也是锻炼逻辑思维、培养审美能力的必要学科。每一门学科都有自己的“隐性红利”，而英语的作用，就是提供了一扇窗口，可以一观世界，体味时代。

于个人，英语是促进职业发展的必备技能。英语在几十个国家是官方语言，世界三分之一的人口讲英语，英语是商业上最普遍使用的语言；同时，无论是自然科学还是社会科学，国际权威著作大部分由英文撰写或者有清晰的英语译本。所以，大部分职业想要做到“高精尖”都离不开英语，个人职业发展也难绕过这门语言。

我不认同花千芳“英语只是‘部分所谓精英’需要的技能”的言论。中国大学生人口比例不断提高，社会对人才供给的要求也越来越高。从未来趋势看，英语不再是大部分人都不需要用到的语言，而将成为越来越多人需要接触和使用的实用工具。

中国需要了解世界，世界也需要了解中国。“联接中外、沟通世界”是国家自我表达的前进方向，想要拥有国际话语权的中国，更加需要把英语学好。就如一位网友所评论的：“今天学好英语，明天才能让更多的人了解汉语。”

英语提供了一扇窗户，个人和国家都可以放眼看世界。有没有出过国，原因是多方面的，但是学习英语却是对每个人都有裨益的事。读懂时代，从读懂语言开始；了解世界，也可以从学习英语开始。

（澎湃新闻《马上评》栏目，2019 年 3 月 20 日）

为老人开拓更多场地，也是广场舞管理的内容

近日，全国政协委员、香港河北联谊会荣誉会长屈恩在接受记者访问时表示，随着老龄化社会来临，中老年女性组成街舞队、唱歌队等丰富生活，其中正常合规的健身活动，应该得到有关部门的保障和支持。但是部分广场舞者自行占领公共空地，带来噪音扰民、阻碍交通、财物损坏等问题，甚至造成民事案件和刑事案件，这样的情况应该纳入法制和社会管理的范畴。

屈恩的建议直指社会热点和痛点。大妈停车场跳广场舞，铲车铲走轿车腾地；业主劝阻广场舞遭围攻，心梗身亡；大妈“攻占”篮球场和年轻人推搡……这样的新闻几乎隔一段时间就会出现一次，“广场舞大妈”在网络上俨然成为贬义词。所以，为规范这一普遍性的活动，出台相关的管理制度是必需的。

早在2017年，国家体育总局就曾下发《关于进一步规范广场舞健身活动的通知》，对广场舞的活动地点、活动行为、活动组织、活动健康作出了规定。但是体育总局作为服务全民健身的职能部门，并没有强制管理广场舞的权限，面对长辈级别的广场舞大妈，一般人只能劝说，无法制止。

屈恩此次提出，应让街道办事处、居民委员会对广场舞团体及成员实行实名登记，使其在街道办事处同意的时间、地点开展活动；针对广场舞群体和行为，应制定民间非政治团体及行为的管理法，使其得到有效的法律管控。这样的建议若是落实，无疑比体育总局的通知拥有更强势的管理权力和法律效力，的确能够在短时间内有效管控广场舞的乱序。

但在管理之外，还有更为隐蔽的问题要解决——广场舞行为需管控，但老年人的健身娱乐需求也需要满足。屈恩披露的数据显示，中国已成为世界上老年人口最多的国家，60 岁以上人口达 2.5 亿人，占总人口的 17.3%。相对于年轻的“互联网人口”，多数不会上网的老人也需要娱乐，兼具健身、社交功能又便捷的广场舞是他们最好的选择。

但与庞大的需求相对的是有限的社会资源。其实，关于广场舞的争端，归根到底是场地和时间的问题，对比数量巨大的“广场舞大妈”，社区空地、城市广场、公共体育馆等设施还不够多，密集的城市结构也让广场舞极易干扰其他居民。所以，盘活现有广场、社区、空地等场地存量，加大公共场馆免费开放力度，都应纳入相关管理条例当中。

总之，一方面，要强抓落实广场舞侵占公共区域、阻碍交通、噪声扰民的问题，利用基层政府组织打造完备管理机制，建立法律上的一系列规范；另一方面，要改善供需矛盾，把群众健身的场地供给纳入制度、指标当中，切实给需要的群众提供资源。如此，才能标本兼治。

老年人有健身的意识和行动，对家庭和社会都是好事。加强引导和管理，尽力满足他们的需求，是全社会的责任。

（澎湃新闻《马上评》栏目，2019 年 3 月 12 日）

不开药只开口，白岩松说的咨询门诊值得一试

3月4日，全国政协委员白岩松在接受记者采访时表示，建议在公立医院试点设立咨询门诊。

他认为，在医院的专家门诊中有一定比例是已经看过病，需要再一次确诊的患者。在患者赋权的基础上，咨询是越来越多患者的现实需求。他建议在公立医院开设咨询门诊，不开刀不开药，但要多开口，而且形成错峰，比如上午临床门诊，下午咨询门诊。

通俗地说，所谓“咨询门诊”，就是不开刀不开药，医生只负责给患者提供咨询和建议。这样的形式目前除了心理咨询，在其他科室的门诊中还属少见。

现实中，医生超负荷看门诊，患者耗时耗力排队，在公立医院中是见怪不怪的场景。白岩松的提议，正是针对当前现实提出的，比较讨巧且实用。

咨询门诊制度若实行，能够在一定程度上分流患者，已经看过病再来确诊和咨询的患者就不用再“加塞”排队了；错峰看病，也可节省患者排队的时间。这样的点子能够留给急需的患者

更充分的门诊资源，一定程度上缓解“看病难”的现状。

除此之外，在现在的医疗模式当中，医生较少下非常绝对的诊疗方法，往往会开出好几个诊疗方案供患者选择。但是患者作为非专业人员，很多时候没办法权衡利弊、择优而行。

在白岩松的方案中，利用退休资深医生和一些有空闲时间的专家开设咨询门诊，给患者一个寻求帮助、解答疑惑的地方，这对于打破医患信息不对称和行业专业壁垒十分实用。

当然，提议实用并不代表成功，被采纳和施行的过程中必然也会遇到许多的困难。

首要问题就是如何收费，咨询门诊不可能成为完全公益的项目，但是咨询的费用定价是个问题。患者可能会不理解“动动嘴皮子”要收费，在这个层面，医院要做好宣传、解释的工作。咨询费用说到底是一种知识付费，在初期的推行上必然是有困难的，所以进行试点、从点及面的推行就显得有必要。

更为核心的或许是权责划分的问题。咨询门诊的医生也不可能是全知全能的，万一医生给出的建议出错，或是患者因治疗效果不理想迁怒于咨询医生，该如何处置？所以咨询试点的初期，必然要防微杜渐，建立明确的权责划分的制度，既要维护医生的权益，也要划定患者的责任。

咨询门诊这样的提议若是被采纳，必然会引起更多的讨论，但改革本来每一步都没有现成的经验可参照，甚至没有最优解。在科学评估与谨慎试点的前提下，一个不开刀、不开药、只开口的实用主意，或许可行。

（澎湃新闻《马上评》栏目，2019 年 3 月 6 日）

通民情、道民生，“两会通道”彰显自信

中国进入两会时间，全球的目光聚焦北京。今年全国两会继续开设“代表通道”“委员通道”和“部长通道”，而三大通道中，“委员通道”于3日下午率先开启。

“中国为全球疾病防控作了大量贡献”“保护视力主战场应该在学龄前”“希望通过推广普通话来助力脱贫工作”“故宫将和高校合作建中国第一所文物医学院”……在刚刚结束的首场“委员通道”采访中，多位全国政协委员面对媒体的提问，侃侃而谈、坦诚回应，展现履职尽责风采。

举世瞩目的中国两会期间，“两会通道”一直是备受关注的亮点。去年全国两会期间，分别有30位部门负责人、45名全国人大代表、33名全国政协委员在“两会通道”驻足发声，获得媒体和民众的一片叫好。据报道，今年两会期间将尽可能多地邀请新部门负责人以及“两高”负责人亮相“部长通道”，与此同时，还将邀请更多此前没参加过通道采访的代表委员同媒体面对面。

“两会通道”能够通民情、道民生，表达全国人民的关心，

回应社会各界的关切。两会是中国最高的政治舞台，也是全国人民关心的盛事，从纷繁复杂的议案、提案中，每一个人都能找出与自己切身利益相关的议题。而在“两会通道”中，回答问题者都是相关领域内最为熟悉情况的官员或是专业人士，这种“问者关心、答者关切”的交流状态，必然让媒体和观众都能得到干货。

“两会通道”是双向的通道，能够传递人民的声音，说出过去一年的民生故事。去年在“两会通道”接受采访的代表委员们不乏来自各行各业乃至乡村基层的代表，反映了不少群众关心的问题，今年想必也是如此。

“两会通道”展现的不仅是受访者的个人素质，也展现了过去一年工作成就的自信。为人民担当，为人民代言，在迈步新时代的征程中，部长、代表、委员们无不精神奕奕，今年“两会通道”上接受采访者的自信，也将继续成为展现中国开放自信国家形象的窗口。

2019 年是新中国成立七十周年，是全面建成小康社会、实现第一个百年奋斗目标的关键之年。作为沟通的桥梁、开放的窗口，“两会通道”必将成为今年两会上又一道亮丽的风景。

（澎湃新闻《马上评》栏目，2019 年 3 月 3 日）

武磊踢进中国人西甲首球！
十年等待，花会继续开

3 月 2 日，在西甲 26 轮西班牙人队主场迎战巴拉多利德队的比赛中，中国球员武磊打进了加盟西班牙人队以来的首粒进球，这也是中国球员在西甲联赛中攻入的首粒进球。同时，这也是近十年来中国人在世界足球五大联赛中进的第一颗球。

比赛进行到第 5 分钟、第 37 分钟、第 55 分钟时，武磊都有机会进攻，可惜都未能成功。而在第 62 分钟，武磊在非越位区接到中场的传球，形成了单刀的机会，武磊眼疾脚快，抓住机会，一脚推射让足球迅速越过了门将落入球网！在武磊的帮助下，西班牙人队 3∶1 战胜对手。

此球一进，中国球迷群体欢腾，连连高呼“武球王”，这个带有调侃性质的外号，在武磊成了本场最佳球员之后好似真的有了光环。不过，狂欢归狂欢，激动过后，球迷们也并没有失去理智。

武磊在中国足球界一直被称为“全村的希望”，从中超最佳射手到中国金球奖得主，作为一名前锋能拿的奖项，武磊基本上都拿遍了。作为《世界足球》评选的“世界 500 强球员”中唯一的中国球员，说一句武磊是中国最好的球员之一毫不为过。但这样的一名优秀前锋并不能代表中国足球的普遍水准，亚洲杯中国队止步八强也证明了中国足球确实不算强。

所以在为武磊鼓与呼的时候，还是要脚踏实地地继续关注中国足球的发展问题。因为中国青训的长期无力，中国球员向来是在联赛中成长，就容易出现“年纪越大越厉害”的情况。要知道，武磊今年已经28岁了，虽然这个年纪对足球运动员来说正是巅峰，但是被引进的时候通常只会被球队视为是即战力而不是未来的潜力核心，西班牙人队此前的保级压力也是引进武磊的原因之一。这和西方18岁甚至17岁就加盟五大联赛的足球天才们的起点相距甚远，所以要提高中国的足球水平，青训这方面还是不能落下。

武磊也曾提到：“从起跑线来说，我们和日本、韩国球员没有任何差距，他们可能现在比我们强的地方就是出去欧洲的球员比我们多。”加大对青训的扶持力度，扩大足球青训在中国的影响力，接轨中国青训与外国高水平联赛青训乃至球探队伍，鼓励青少年乃至职业球员留洋学习这些举措还需要继续下去。毕竟五大联赛的足球节奏比国内快了不止一个档次，传控技术也更适应快节奏，中国足球要是不择善而从，在世界大赛上必然会吃亏。

不过，武磊的进球还是一针强心剂，给中国球员吸引了正面关注，有利于足球文化良性发展和足球运动的深入普及。希望在武磊之后，登陆欧洲的球员会越来越多，球迷们也能重拾热血，让足球文化在中国遍地开花。球迷有一句话："十年太久，我们不想再等了。"

（澎湃新闻《马上评》栏目，2019 年 3 月 3 日）

校长暖心回应学生，做有人情味的教育者

“我的生日是 2 月 29 日，我可不可以在 2 月 28 日吃一次蛋糕。”“食堂师傅给你准备了生日小蛋糕，你是全校唯一一个 2 月 29 日生日的孩子，你真是太幸运了。祝你生日快乐！”

嘉兴一名 12 岁女孩因为生日特殊，写了一封萌感十足的信给校长“要”蛋糕吃，校长认真又有人情味儿的回应让小女孩放了心，也让观者暖心。“这么人性化的校长，教出的学生一定都很有爱。”“看完这两封信有一点小感动。”“非常暖心的一个回复。”

这位校长被夸，因为他的人情味儿。在很多人的印象里，中小学校长神情严肃，眼神犀利，喜欢背着个手到处抓犯错的学生，却很少深度参与到学生的教育当中，更别说回应学生想生日吃蛋糕这样的小需求。而这位校长却没忽视孩子的愿望，而是将之当成重要事情来办。这颠覆了很多人的刻板认知，一个亲切可感的教育者形象，就这样鲜活起来。

难能可贵的是，校长回信的口吻，丝毫没有作为管理者或成年人高高在上的生硬语气，而是俯下身来，和孩子亲切交谈。据

报道，向校长“递小纸条”是该校常有的事，学生有问题都可以以这种方式向校长反映。想象学生们往校长手里塞小纸条，诉说自己的小秘密、小诉求，是多么可爱又可敬的场景。相比一些学校的校长信箱都是生锈的甚至从不启用，这位校长无疑做得好得多。

让人欣慰的是，越来越多的校长开始变得“接地气”。此前，一位八十多岁的中学校长在校门口拄拐与学生互相鞠躬的新闻曾登上热搜。这些校长们传达的信息很明确：要贴近孩子，要俯身探寻他们在想什么、希望得到什么，才能做到爱学生，赢得学生的喜欢。这样的言传身教能让孩子们懂得沟通、学会尊重。而这，恰恰是学生们在校园里应该学会的第一课。

成功的教育者、伟大的教育者从来都是平视学生的。现代教育里，如果说知识和技能是教育的硬件，那么人格培育则是并行不悖的软件。严师出高徒没有错，但是人情味儿也是孩子完善人格的一粒种子。在这样教育下长大的孩子，才能变成热心、包容、温暖的人，而不是精致冷漠的利己主义者。

（澎湃新闻《马上评》栏目，2019 年 3 月 1 日）

男子见义勇为反被拘？公布真相比应对舆情更重要

近日，福州一名男子见义勇为反被拘留的新闻引起了网络上激烈的讨论。据报道，福州的赵先生路见不平，成功制止了一名陌生男子入户对一名女子施暴。施救过程中，赵先生踹了该男子一脚，造成后者内脏损伤，经鉴定构成轻伤二级。由此，赵先生被认为构成故意伤害，被刑拘 14 天。但与此同时，被伤男子接受记者的电话采访时，却在若无其事地打麻将。

事情真相还有待警方公布最终的调查结果，真相水落石出之前，盖棺定论尚且有些早。但是警方在应对采访时的一句“舆情发生后，各级部门都在积极应对处置”，却让争议的声浪再次掀起。人民日报海外版“侠客岛”公众号第一时间出言点评：“事情出来后不是去调查问题，而是积极应对舆情!”

恶人逍遥法外，见义勇为者却被刑拘，这样“英雄蒙冤”的场景本来就最能够刺激公众的精神痛点，民众的气愤理所应当。在这样的状况下，警方抓紧调查清楚事情真相、及时回应公众关切肯定是毫无疑问的，但问题就出在“舆情”这两个字。“舆情”是民众意见的一种集中反映，对舆情敏感没有错，想要立刻给出回答的急迫也可以理解，但若不是以事实真相回应舆情，而是一门心思想要平息舆情，未免就有些舍本逐末。

一波舆情高涨，立马把事情处理了；另一波舆情又起，又马上积极应对，这样靠着舆论监督的执法肯定治标不治本，长此以往只能够让办事的人疲于奔命。事件发生后，有网友调侃："舆情要是没发生，那这事件还处置不处置？"这点到了事情的核心，一个常态化的正义执法肯定要胜过在舆论强压下的"积极应对"。

若是确系执法失误，就应立刻纠错，追究责任，建立防止此类失误再次发生的复核执法机制，并向当事人道歉赔偿；若是按照法律法规严谨办事，那就马上复盘事件，把执法的程序正义向公众公布，作出详细解释，以强有力的真相粉碎公众质疑，而不必一味向过激舆论妥协。这样查明真相之后的依法行政、公平处理、开诚布公，才是建立执法部门公信力的不二良方。

公信力就是在一次次公正的执法过程中被确立起来的，若是抱着得过且过、遮遮掩掩的心态面对民众，面对质疑时只想着平息舆情，那就会造成效果与初衷适得其反。

舆情提醒您：执法千万条，为民第一条。正义不迟到，舆情自可消。

（澎湃新闻《马上评》栏目，2019 年 2 月 19 日）

抛弃卖污价值观，椰树才能走出“从小喝到大”的尴尬

2月14日，深陷广告内容低俗和虚假广告旋涡的椰树集团，在官微发布了一段新的广告视频。这则15秒的广告保留了“从小喝到大”的广告词，不过将饱受非议的“丰满白嫩”女演员代言人，换成了小学生、中学生和大学生的形象。

此举无疑是为了撇清涉嫌低俗丰胸广告的传闻。在事发之后，椰树和广告代言人徐冬冬，都称“从小喝到大”是指椰汁陪伴一代人成长。但是结合配的大尺度美女广告，这一普通话语难免让人“浮想联翩”。即使现在换成了以学生为演员的广告，也难逃欲盖弥彰之嫌。

不能怪公众苛刻，而是椰树的营销风格长期以来都在低俗的边缘试探。2009年，椰树集团因为在海口公交车上发布“老婆喜欢老公喝椰树牌石榴汁”“木瓜饱满我丰满”等广告，被当地工商部门认定违规，责令其立即停止并处以1 000元的罚款。2016年，椰树推出火山岩矿泉水“胸模瓶”的设计，引发了社会争议。2017年，椰树公然在宣传中写道：“产品供过于求，重视抓白嫩丰满的广告，培养从小喝到大的年轻一代椰汁消费者。”椰

树官网首页还转载过《椰汁增大乳房之说》一文，直言椰子具有“滋阴壮阳”功效。

可以看出，各种“关注两性”、打擦边球的低俗广告，确实是椰树集团的广告风格，而非其声称的“消费者脑洞大”和“竞争对手的无理打击”。这样的广告，有碍观瞻和公序良俗，造成了不良的社会影响；在法律上，也有触犯广告法的嫌疑。

此次事件中，网友评论多有“卿本佳人，奈何为贼”的感叹。的确，椰树赢得市场和口碑，不是靠低俗广告，而是产品自身的品质，和公众一直相信的“纯天然、无添加”的宣传。椰树本不用靠“卖污”来吸引眼球，只要质量过硬、宣传得当，即使近年来饮料行业整体乏力，也起码能保住自己在全国市场的“基本盘”。

之所以频出昏招，大吹“污”风，还是企业价值观出了问题，宣传黔驴技穷、营销思维落后。不根本扭转这样的价值观，而只在广告的代言人等细枝末节上修修补补，恐怕低俗广告并不会就此消失，有关部门的严肃查处也只能制止一时过火的风头。

其实，椰树的困境颇具代表性。老品牌虽不乏勤恳做事以质量取胜者，但也有些品牌，其掌舵者的价值观、销售观、审美观还停留在草莽创业初期，早已与当今时代的公共价值取向与商业伦理脱节，又在激烈的市场竞争中急于突破。内外博弈下，很容易用力过猛或者跑偏走岔。这样的企业应对市场变化和消费升级进行的研发和宣传投入不足，管理模式还停留在粗放型阶段或者是家族模式。制度和观念的落后往往导致产品和包装缺乏创新，只能靠猎奇、“卖污”等非常规手段吸引消费者眼球。这种策略短期内或许有效，但长期来说，是对品牌和公共利益的损伤。

当今消费者的审美水准已得到很大提升，更符合现代文明社会的价值取向也已形成，利用低俗、庸俗、色情广告诱导消费的套路正在失效，市场对品牌、产品的容错度越来越低。对此，企业要有充分的认识，同步迅速升级产品质量和宣传营销策略。否则，椰树被广告拖后腿的尴尬还将继续，其他品牌也随时有可能踩到相似的雷。

（澎湃新闻《马上评》栏目，2019 年 2 月 15 日）

从腾冲到永康，
到处都是活跃跃的创造

“啊！”伴随一口热辣的白气，长辈轻酌白酒的赞叹声拉开了农村年夜饭的序幕。

在宗族意识浓厚的浙江永康农村，春节最重要的，必定是团聚一堂的除夕。年夜饭后，坐在外婆的大花棉被床上，边看春晚边敲稿子，或许是我这一代人独特的过除夕的方式。但今年还有所不同，就在此前十几个小时，我还在云南支教，在腾冲的乡村与我的学生依依不舍地折柳挥别。这样迅速的时空转换，让我对身处的情境还有些不适应，颇有些梦幻的感触。

过去这一年，从北京实习，到云南边陲支教，从上海学习，到家乡休憩，辗转几地，一路风霜，让我对农村、对都市，乃至对繁华、对变革，都有了更新的认识。

在千里之外的腾冲农村，过年就是百川归海的喜庆，外出务工、经商的游子们纷纷归来，赶集的镇子上，明显多了许多年轻的身影，提着蛇皮口袋到处采买，充满了年节的欢乐。

“统统十元……”十元店的大喇叭，混合着《2002 年的第一场雪》的老歌，村子、镇子都是一片欢腾。就像这热火烹油的场景一样，农村的气质大类于此。在支教的时间里，我也曾有多种不适应，但整体来看，腾冲的农村却满是热气腾腾、昂扬向上的精神面貌。

支教的小学旁边风沙很大，风一刮就是满面灰尘、一身狼狈，在这山好水好的地方，有这样的景象，并不意味着荒凉，反而标示着发展。在镇子周围，到处都是开工建设的景区，有挖湖的，有种树的，有建古镇的，在轰隆向前的建设里，灰尘多也就不足为奇了。

比起支教老师戴口罩、戴墨镜的“全副武装”，乡下的孩子皮实多了，满身灰尘也不以为意。班上的小胖子同学被风沙刮了一脸，总是毫不在意地拍一拍。等放学老师陪他回家时，他总是满脸希冀地指一指远方：“老师，你知道吗？等到明年，那里就是景区了，我们家边上就有一个景区了！”这是发展给人带来的精神面貌，走向富裕给人的积极感受。

这样昂扬的精神状态，并不仅表现在经济建设之上，在当地人的人生追求和价值实现上，也有所体现。

支教经历里非常重要的，就是去学生家家访。作为老师，我最害怕的就是学生家长不支持学生继续求学，有让孩子早早辍学打工的思想。所以，家访的主要目的之一，就是摸清楚农村家庭对孩子读书的看法。

但走访结果让人非常惊讶：几乎所有的家长都支持孩子继续求学，在学业上能走多远走多远。有的家长连普通话都不会说，只是操着云南方言摸着孩子的脑袋："读书嘛，能读多少读多少，读到硕士博士就更好了。"家长们对知识、对改变命运的渴望与开明，让我深深感慨。

一片火红的热闹，这是在腾冲的日子给我的印象。但是回到了老家，年味又完全不一样了。

腾冲的烟火气很重，街道上杀猪宰羊、燃放爆竹是寻常事。但是在老家，烟花爆竹是禁燃禁放的，在严格的道路卫生管理之下，杀猪宰羊也几乎不在人来人往的道路上发生。年前村子里最重要的事情，成了给大街小巷打扫卫生。新年的前一天，基层干部穿着红马甲，满地捡垃圾；妇女代表穿着粉红马甲，四处扫灰尘；村民代表穿着黄马甲，绕着圈儿洒水……还有政府组织民众在乡村道路的行道树上挂上手工制作的纸红灯笼，让没有了响声的新年仍然红火。

与漫天爆竹、满地堆纸的热闹年节相比，这样的新年，年味少了一些，但是文明和谐的新农村的味道，却前所未有地充足。

除了越来越文明的感受，中国农村特有的人情味，也在老家农村的年节体现得淋漓尽致。每到过年，就是各个村里组织慰问的黄金时间，村干部带着礼物、年货慰问残疾人、孤寡老人、困难学生，这逐渐成了农村“非传统”的传统。每个村子还都有敲锣打鼓送军人年画的仪式，只要身为军属、烈属、转业复员退役军人、军队离退休老干部，都会收到一幅军人的年画挂历，礼物虽然轻于鸿毛，但尊重军人的风尚在乡下却体现得非常重。

粗心的我这么多年从未仔细观察，和小时候的农村过年相比，现在老家的年节早已大不相同，早就不止杀猪宰羊的喜庆，显得格外的“非典型”。很多回农村过年的年轻人往往不屑于这些风土改变，自以为“假”，但窃以为，这并不是所谓的形式主义，而是一种仪式感。

“仪式感就是使某一天与其他日子不同，使某一时刻与其他时刻不同。”《小王子》里的这句话可谓精辟，赋予新年新意义的，就是新的仪式感，这样仪式感下的新农村更文明、更优美，新年这几天也真正成了更文明的仪式，而不是热闹后就什么都不遗留的昙花一现。

“仓廪实而知礼节”，农村也未必非得是粗俗、闭塞的模样。这样的传统流下去会让农村移风易俗乃至脱胎换骨，长此以往，这样优美而有人情味的农村，让人怎么能不爱？

把这一年对农村的观察总结成心得，无论是腾冲鲜花着锦的热闹新年，还是老家文明有味的“非典型”新年，都给我一个与以往刻板印象不相同的新农村。方志敏曾经在自己的笔记里写道："到那时，到处都是活跃跃的创造，到处都是日新月异的进步，欢歌将代替了悲叹，笑脸将代替了哭脸，富裕将代替了贫穷……"

可爱的中国，可爱的农村。从腾冲到永康，我的见闻告诉我，方志敏笔下理想世界，正在它的轨道上逐渐成就。

（澎湃新闻《马上评》栏目，2019 年 2 月 8 日）

球赛后互骂推搡，小球员没学会踢球先学会“社会”？

一群 11 岁以下的少年，在输了比赛之后不停骂脏话，最后发展为双方球员破口大骂，球员、教练、家人齐上阵互相推搡……1 月 30 日，海南一场 U11 少年足球赛中，北京鹏瑞队战胜海南中海队，赛后双方小球员发生言语摩擦和肢体冲突。

足球精神的阐释从来都不是唯一的，但总逃脱不了团队精神、拼搏精神、规则意识等元素。这些少年们在点球大战失败时就互相挑衅甚至出言辱骂，不仅不尊重比赛，也不尊重自己的拼搏成果。

众所周知，点球的结果有赖于射手和守门员平时的训练，以及一定的运气，这些都是规则的一部分。这样的必然加偶然，是足球比赛让人血脉偾张的原因之一。而按照惯例，双方球员赛后握手、拥抱甚至交换球衣，也是通行做法，以示对比赛和对手的尊重。

这些小球员不接受比赛结果，对对手、裁判发泄怒气，难言是对足球正确的热爱。足球需要血性没错，球场上也发生着各种明里暗里的冲突，但这一切是为了追求胜利。足球场上的很多垃圾话、小动作，都是利用规则来赢球的战术选择。输球后的发泄却不在此列，输不起球导致的冲突，只能让人颜面无光。

除了小球员自身的素质问题，闹剧背后也不乏更深层次的原因。最明显的，不仅小球员参与了骂战，连教练都动了手。这不禁让人思考，中国青少年的足球训练质量到底有没有达标？教练在面对冲突时不仅不制止，反而火上浇油，这如何能给年轻球员一个正面的引导？

从教练的表现看，这群孩子赛后的失范，未尝不是U11青少年足球师资水平低、人才储备不足、组织与训练不正规导致的结果。

一直以来，中国足球积弱的原因都被归于青训问题，国足教练里皮在卸任前也多次强调这一问题。但是此次事件却让球迷们对青训多少有了些心凉，因为缺乏职业化训练和规则意识引导的青训只能越训越乱、越训越糟。无怪乎有气愤的球迷在网上抨击："还没学会踢球，骂人打架倒是学会了。""学好不容易，学坏分分钟。""跟地痞流氓斗殴有什么区别？"

中国足球本身人口就不多，愿意从事足球职业的小朋友更是少之又少，这不仅涉及个人及其家庭意愿，也涉及社会主流观念的导向。U11小球员踢球时满嘴脏话，如此"社会"，如此让人失望，又如何让有些本就心存疑虑的家长放心孩子投身足球事业？

（澎湃新闻《马上评》栏目，2019 年 1 月 31 日）

徐灿夺冠，是中国职业拳击运动厚积薄发的结果

北京时间1月27日上午，在美国休斯敦丰田中心，中国拳击手徐灿成功战胜WBA现任拳王罗哈斯，获得WBA羽量级世界拳王金腰带。在姚明之后，丰田中心又迎来了一个名震体育馆的中国人。

众所周知，在职业拳坛，量级越重的金腰带含金量就越高，徐灿这一次的胜利不仅仅赢得了中国在职业拳坛历史上第三条金腰带，也赢得了含金量最高的一条金腰带。

面对卫冕拳王罗哈斯，徐灿打出了一场非常漂亮的经典战斗。针对罗哈斯身高臂展都不及自己的劣势，徐灿充分衡量了双方的优劣，做了非常精准的战术选择，在比赛的大部分时间里都压着罗哈斯打。

虽然一直以来徐灿都被认为拳头杀伤力不足，但作为抱架很稳的防守反击型选手，在这场比赛中，从第一回合开始，徐灿就打得很有侵略性。连续的勾拳、摆拳，重拳出击，和罗哈斯打出了一场精彩的对攻大战，最终经过了十二个回合的鏖战，徐灿通过大部分回合的进攻压制赢得了三名裁判一致的胜利判断。

徐灿的胜利并不是侥幸，在万众瞩目的拳台上，徐灿操着有些江西口音的英语，挂着眼泪和汗水，带着自豪说："我知道我能赢，我来之前就知道我会赢，我可以，我可以！"

胜利来得酣畅淋漓，但并非突如其来。这个曾经让父母把全部身家都压上、练拳成痴的少年，赖以成功的就是自己的努力。但是在努力之外，徐灿的胜利也是中国拳击事业发展的一个缩影。

从2004年邹市明这位中国最知名的拳击手在奥运会上拿到第一块奖牌开始，中国的拳击就开始勃兴，而在邹市明大火之后，拳击更是一度成为中国最热门的讨论话题之一。在徐灿之前，总共有林明佳、熊朝忠、邹市明、杨连慧、裘晓君、吕斌六位中国拳手挑战过世界职业拳王金腰带。这些星光熠熠的名字，代表着中国拳击运动不断发展过程中孕育出来的精英。

中国拳击从无到有，从业余拳击尚且知晓者寥寥，到具有各类职业化赛事。这是多少拳击推广人、教练、裁判、拳击手以及拳击爱好者筚路蓝缕的结果。包括徐灿的金腰带在内的中国拳击取得的成绩，就是厚积薄发而玉汝于成的结果。

看到成绩，更要看到差距。职业拳击最重要的就是商业化，但是中国的职业拳击赛事好像并不那么吃香，商业价值别说和吃得盆满钵满的美国拳击赛事相比，就连养活自己都有一些困难。

没有商业化就没有更专业的赛事，就没有更专业的教练和裁判，更没有更高水平的拳击手。

而无法商业化的原因是多方面的，电视版权无法卖出与人才培养不够扎实的原因，终究还是落回到拳击在中国不热门的根本问题之上。拳击宣传，始终是这项运动目前最大的目标之一。先让拳击在中国热起来，再用高质量的赛事 IP 占据市场，让职业拳击真正成为一项底蕴深厚的运动，中国拳击的生命力才会蓬勃起来。

此外，中国拳击的成绩一直出在蝇量级甚至是草量级，这样量级的比赛比起中量和重量级别的拳击来说，对观众的吸引力同样是两个量级。而黄种人的肌肉结构就决定了中国拳击在中重量级上非得付出更多的努力才能有所斩获，这样事倍功半的结果给中国拳击带来的更是任重道远的征途。

无论在哪个国家，无论是哪一项运动，运动员的成绩都和这一项运动的国情息息相关，除了运动员感性里涌动出来的爱国热情，一个国家给一项运动实打实的国民支持和发展支撑，才是他们为国争光的真正基石。

回到赛场，在领奖台上，主持人也惊讶于这位来自东方的无名小子的胜利，不禁发问："此前大家都不知道你的力量，但今天你的重拳非常漂亮，请问你的力量来自哪里？""我的力量来自祖国，我是中国人。”徐灿红着眼眶做出了回答。

回应他的是丰田中心观众席上的一片五星红旗和满场中国人的欢呼。

（澎湃新闻《马上评》栏目，2019年1月27日）

“雷人考题”之后，该反思的不只是引咎辞职的董事

备受关注的广西北海艺术设计学院“雷人试题”事件有了结果。出题的该校执行董事郑某引咎辞职，一名副校长和教务处处长、学工处处长的职务被撤销。

广西教育厅调查发现，该校在去年的“大学语文”考试试题中，也出现一些包含低俗内容的试题。而根据学生的反映，郑某之前也有“Wi-Fi 会导致脑溢血”“玩网络游戏是低智商行为”等言论。

可见，此次被爆的试题并非该校第一次和唯一一次。从某种程度上说，奇葩试题、言论，或许是该校管理层不时爆出的雷，甚至可以说形成了一种“校园传统”。

公众印象里，艺术学院的教育者与管理者，理应是高雅、有修养、知识渊博的知识分子，但该校高层却让人大跌眼镜。

官方调查称被爆的试题不是两门课程的期末考试题，而是“思想思考题”。顾名思义，这类题应是锻炼学生发散思维、深入思考的课外练习，该校走的却是不知所谓的命题路子。这让人疑惑，该校遴选教育者的标准究竟是什么？

对学生来说，大学教育应广博其见闻，深邃其思想，精准其方向，大学是求学和人生的关键时期。作为施教者，首先要有正确的价值观，其次要有渊博的学识。反观该校的教育者，认为“Wi-Fi会导致脑溢血”是为不智；思想思考题雷人、窥探学生隐私、涉及歧视，是为不正。这样的水平难以担当大学教育的重任。

再者，大学中，以教学水平、学术成果论“英雄”也是常识，但该校执行董事为何能直接参与出题？这符合相关规定和程序吗？个人的好为人师，如果没有权力的加持，又怎能如此显性和任性？不难想象，这位执行董事能够在多大程度上影响教学。或许，该校遴选教育者的标准里还有一条：以“官本位”或者“钱本位”为核心。

大学是鼓励开放包容的，大学生也是最能够接受新鲜事物、思想最活跃的人群。大学的教育者、管理者有一些个性化的言行，也能理解，但是不能没有规范合理的标准与边界。否则，个人的不正不智，就会演变成教育和管理的失范。

近年来，网络流行语“油腻”充斥一些人的生活。对女性的歧视、对性的调笑、对年轻人的贬低、对谣言的误信等，组成了“油腻”这个词的部分内涵。这背后，是一些人认知体系不够健全、无法理性平衡荣辱得失等，这固然有个人原因，但在大学时接受的失败教育，也无法完全推脱责任。大学的教育者、管理者，不能不有所警醒与反思。

“雷人试题”风波已告一段落，但它给大学教育敲响的警钟并未停止：大学教育者要怎么要求自己？用什么标杆来衡量教师够不够称职？标准或许有很多，但肯定不是权、钱等与教育无关的因素为先。

（澎湃新闻《马上评》栏目，2019 年 1 月 24 日）

周琦被裁：当不了“大魔王”，就做自己的追风少年

北京时间今天早上，NBA 火箭队官方宣布：球队已经裁掉中国球员周琦。至此，除了丁彦雨航，NBA 再不见中国球员身影。

这让国内一些篮球迷有些不适应，但周琦却挺乐观，发微博称“心中想的依然是每一名中国球员不变的篮球梦想。我依然认为我是一个幸运儿，毕竟我拥有的荣誉已经远超我最初的梦想”，道出了一名运动员在追逐更好竞技表现过程中的精神支撑——梦想与成长。

职业篮球运动员都有一副远超常人的身板，被裁的周琦，虽然对抗能力和易受伤的“玻璃人”属性总让人担心，但在亚洲赛场上也是臂展超出常人、运动能力惊人的“小超人”。而全世界无数篮球爱好者中，NBA 只接受几百个，乔丹更是只有一个。所以对于多数普通人来说，篮球梦肯定不是职业赛场梦，更难是 NBA 梦。事实上，追梦也不一定要成为第一，在此过程中，你拾得的，都是宝贵的收获。

周琦刚进 NBA 时顶着一个“大魔王”的外号，有些“德不配位”的捧杀意味。比赛没有得分时，又总有球迷揶揄：“‘大魔

王’周琦震惊NBA，全场狂砍一发球。”面对这些舆论场上的纷扰，他都给予了淡定成熟的应对。

他也算得上谦虚。每次被批评，总说自己不够好，会继续努力。他有着还不错的文笔，喜欢在微博上长篇“连载”自己的感想，让人在篮球以外，也能看到这个22岁的年轻人细腻的内心和永不言弃的精神。慢慢地，球迷们理解、鼓励他，给他出主意，很少再出言笑话。

经过NBA的磨炼，周琦在今年雅加达亚运会赛场上“大帽四方”，让中国男篮的禁区成了“禁飞区”，带领中国队拿下一枚宝贵的金牌。这是他的成长，包容他的球迷们也由衷地高兴。

所以，体育——包括竞技体育，求胜并不能包含所有。周琦在火箭队不到两个赛季的时间里，成长是显而易见的。

对于公众来说，对体育的热爱，更是如此。你收获了健康的体魄、竞技的快乐、澎湃的热情，这些都让人获益一生。说到底，各得其所的乐趣才是“全民健身”的真谛。连周琦都为自己的进步欣喜，淡化被裁的郁气，球迷们也可以学着放下了。

著名篮球评论员杨毅评论说：“一个篮球运动员不是非得打NBA，也不是只能用在NBA的成果来证明自己。”这句话可以是任何行业的注脚。体育也好，职场也罢，你不能成为众望所归的

“大魔王”，不妨做自己的追风少年，用不懈的努力和坚持静待梦想之花绽放。

（澎湃新闻《马上评》栏目，2018 年 12 月 18 日）

一次质量事故就是一次信任危机，百年老店更伤不起

北京同仁堂蜂蜜的代工生产企业盐城金蜂，回收大量过期、临近过期的蜂蜜，宣称“退给蜂农养蜜蜂”，但事实上，回收蜂蜜被倒入大桶，送入原料库。12 月 16 日，同仁堂称涉嫌违规的产品已全部封存，向所有消费者郑重致歉。北京市大兴区食药监管部门已介入调查。

一向被称为“百年老店”的同仁堂，这次却曝出了令人震惊的食品安全造假行为，引起舆论哗然。随着监管部门的介入，相关企业和责任人必将受到严厉处罚。但更值得反思的是，为何一家所谓的百年老店、行业标杆，也会出问题？

人们之所以看重、选择百年老店，就在一个“信”字。“诚信者，天下之结也。”诚信是企业的立身之本，也是维护市场经济秩序的重要原则，一旦失信于民，不仅仅涉事企业难逃惩处，整个行业也有可能被拖累，坠入“塔西佗陷阱”。更何况，事关消费者健康的食品、药品领域，不出事则已，一出事必是大事。

这次出事的同仁堂蜂蜜，虽然事发“代工企业”盐城金蜂，但既然用了同仁堂的商标，消费者看重的就是同仁堂的质量和品

牌。任何一个环节、任何一个流程出事，同仁堂都有不可推卸的责任。

为了降低成本，现在很多知名品牌都选择代工生产的方式，这是市场经济的正常行为。但要注意，“代工”并不能完全“代责”，出了质量问题，委托方同样要承担相应责任，这也是北京市大兴区食药监管部门介入调查的原因。同仁堂在致歉声明承认，“监管不力”“严重失察”，但其在过期蜂蜜事件中扮演的角色以及最终责任，可能不限于此，这需要两地监管部门协同调查，给出权威结论。

据报道，盐城市滨海县市场监管部门表示，已发现盐城金蜂多次类似操作，该公司此前还曾出现篡改同仁堂蜂蜜生产日期的行为；法人代表周金林名下的另一家合作社，也被列入经营异常名录。种种迹象显示，篡改蜂蜜生产日期的行为可能并非偶发。

一次质量事故，就是一次信任危机。这警示相关企业必须重视质量与品牌，重视食品、药品领域的全流程监管，不能因为是知名品牌、“百年老店”，就有所放松，或者出现“灯下黑”。

同仁堂门前有一副对联：“炮制虽繁必不敢省人工，品味虽贵必不敢减物力。”对同仁堂来说，必须切实从过期蜂蜜事件中吸取教训，把好全流程质量关，真正把消费者利益摆在首位，才能在市场竞争中走得更远。

（澎湃新闻《马上评》栏目，2018 年 12 月 16 日）

王源登上课本："教科书式"青年偶像该如何塑造？

近日，有网友在网上发了一张照片，显示少年偶像团体TFBOYS的成员王源，登上了初三政治课本。照片中是一道与王源有关的论述题，题目为《开放的中国期盼着我》，内容是王源受邀赴联合国总部出席联合国理事会2017青年论坛，就健康、教育、环境保护等议题用英文进行了2分钟的演讲。

一个令人注目的细节是，课本中把王源的身份介绍为"中学学生"与"中国青年代表"。在教育层面，王源是一名中学生，未成年就能参加联合国的青年论坛，自然是优秀的。登上教科书也表明王源的作为被认同，足以成为青少年的榜样。在社会层面，"中学生""青年代表"的身份，是王源作为偶像，在青少年中发挥正面作用的重要标签。

根据2016年发布的《中国粉丝追星大数据报告》，在当前追星的粉丝当中，20—29岁年龄段占比最高，达47%，19岁以下的粉丝占了19%；从职业角度看，学生是主力军，以56%的比例遥遥领先。毫不夸张地说，明星们影响的正是中国的未来。

偶像有影响力没错，但怎么使用影响力是至关重要的，畸形的追星理念只能让自己和偶像都受到伤害。

现在“饭圈”存在的一些不良习惯，让粉丝文化在很多时候仍然被主流文化所排斥：部分“脑残粉”“毒唯粉”用恶意脏话集中攻击个体，集中制造铺天盖地的网络暴力；一些不理智的粉丝为涉嫌违法犯罪的“劣迹明星”辩白，传播错误价值观；还有的“私生饭”疯狂追星，如“狗仔”般尾随自己的偶像……这样的阴暗面是“追星”污名化的一个重要原因。当代的青年偶像不应苟同。

怎么让自己的粉丝，尤其是一部分还没有形成成熟价值观的年轻粉丝理性追星，乃至努力奋发，学习偶像身上的优点为我所用，才是偶像们应该用自己的影响力去做的。

在王源登上教科书之后，网友纷纷留言称：“真实版的教科书式偶像！”“希望小朋友们都能被好的能量影响。”“教科书式”的偶像不仅要有在所属领域的才能技艺，更为重要的是在价值导向、道德导向乃至审美导向上的正面引领。

2018 年中国社科院发布的《社会心态蓝皮书》根据大量问卷调查得出，“90 后”青年普遍持有正向、积极的社会价值观，重视集体主义、人文关怀和权利平等。当代偶像也应该是充满了正能量、热心公益、拥有正面价值观的优质偶像。

二十年前的一首《蜗牛》让周杰伦成了影响一代青少年的励

志偶像。我中学时也总有老师在课间放着这首歌，“我要一步一步往上爬，等待阳光静静看着它的脸”的价值观，鼓励了一代青少年勇敢奋进。现在，新一代的偶像们也需要扛起新的榜样标准，引导新一代的青少年。

“教科书式”的偶像应该是在大众塑造和自我塑造中产生的完美人设，助力青少年们把舵扬帆，为梦想起航。

（澎湃新闻《马上评》栏目，2018 年 12 月 5 日）

2 784 天的等待，流浪的玫瑰还在绽放

今天，森林狼队篮球运动员罗斯在 NBA 赛场上豪取 50 分，打破个人生涯得分纪录。

要是其他的明星，得来的或许是一片赞誉和吹捧，但罗斯的再次闪光，给球迷在激动之外的都是眼泪，我也不例外。收集罗斯集锦，学习跳步、拉杆、突破的时光虽已不再，但他的篮球生涯，注定是许多人青春的美好注脚。

上一次罗斯 42 分的得分纪录还是在近八年前，距离现在这样的爆炸表现，已经过去了 2 784 天。断剑重铸，玫瑰再次绽放。这个男人也在赛后痛哭，他回望的是自己曾经的辉煌，流浪拿底薪的委屈，还有身体素质不再的感怀。

赛后，一位球迷在网上留言："罗斯的球迷都出来吧，我们让其他人看看，我们的偶像也是超级巨星!"这句话绝对是今天哭得一把鼻涕一把泪的罗斯球迷真实的内心写照。

罗斯的履历，只要是篮球迷都不会陌生，"史上最年轻MVP""全美第一阵容""乔丹传人"等头衔都是他曾经的光环。刚好是十年前，在"篮球之神"待过的公牛队，年轻的罗斯用他

劲爆、华丽的球风在全球范围内掀起了“玫瑰风暴”。

在中国，罗斯也是名满天下，罗斯的英文名叫 Derrick Rose，翻译过来正是玫瑰的意思。厚爱他的中国球迷给他取了一个“风城玫瑰”的绰号。这名字美得好像是金庸、古龙笔下的风华侠客，一点寒芒星万朵；又好像是吴宇森暴力美学镜头下的绝代枪手，轻描淡写带走比赛，杀人见血。

这就是罗斯，一个曾被当成“未来世界篮球第一人”来培养的超级巨星。

但是所有的故事不都是一样的顺遂，巨星陨落总是来得那么突然。十字韧带撕裂、半月板撕裂、脚踝扭伤，种种伤病和连续的赛季报销打倒了这个铁汉。原本把他捧到天上去的世人，渐渐发现了他的虚弱，诋毁来得和曾经的吹捧一样猛烈。

平头的罗斯蓄起了脏辫，好像蓄起了胡须的杨过，还没有和江湖再见，但是在江湖的心情已经完全不同。有的球迷笑谈，罗斯的脏辫好像是他的封印，打球越来越差了。

然后，曾经被公牛视为救世主的罗斯被交易到了尼克斯，曾经价值连城、现在满是伤病的队内核心也只能换回来几个配角球员。之后，又是连续不断的伤病、赛季报销。罗斯开始了在联盟的流浪生涯，这个队待几天，被裁掉，那个队打一打，被交易，场均上场时间渐渐不到十分钟，一度到了无球可打的地步。在去年赛季中，森林狼队教练锡伯杜或许是念着和自己弟子的师徒情，用底薪收留了流浪的罗斯。

罗斯调整心态很快，曾经的目标远大，是总冠军和 FMVP，现在最佳第六人就是他的梦想。

中国球迷是世界上心肠最软的球迷，很多时候对球员的崇拜并不是完全看商业价值，内心往往都有一份与 NBA 这样的商业联盟格格不入的情怀。看到这样的英雄迟暮、曾经沧海，念旧的中国球迷想起了麦迪，想起了林书豪，甚至想起了现在命途多舛的自己与曾经肆意张扬的青春。这样的同感让曾经叱咤风云的玫瑰一直在被球迷们关注，只是讨论的热度难免下降，留下的也只能是几声喟叹。

今天，沉寂了许久的玫瑰再次绽放，激起了中国球迷的眼泪，也宣泄了美好总是短暂的遗憾。球迷们的想法永远是很简单的，只希望球员们能平安地打完生涯的所有赛季，能够在竞技体育的里程碑上刻下自己的名字，不留有遗憾。虽然这非常难实现，但是顶级竞技体育本身寄托的就是观众们的梦想，想要运动员们不留遗憾，也是想要让自己的青春、自己的回忆不留遗憾。

天赋的玫瑰，命蹇的玫瑰，努力的玫瑰，精彩的玫瑰，愿你出走半生，归来仍是少年。

（澎湃新闻《马上评》栏目，2018 年 11 月 1 日）

谁有权把“性格孤僻”的大学生送进精神病院？

一直以来，有许多文学和影视作品在探讨一个问题：如果你被送进了精神病院，应该如何自救？没想到的是，这一假设却在现实中发生，演绎了一场魔幻现实的黑色幽默。

据《东方今报》消息，洛阳师范学院的刘刚（化名），入学第二年时，学院团总支书记称其“有病”并通知其母，将刘刚从宿舍送至洛阳市精神卫生中心。在该中心134天时间内，刘刚经历了被灌药、电击治疗、殴打等。出来后他主动到医院检查，结果显示“不是精神病”，刘刚找学校和医院要说法并提起诉讼。

10月10日，在洛阳市洛龙区法院法庭的举证环节，洛阳师范学院和洛阳市精神卫生中心，将陈述重点放在了刘刚的“行为异常”上。对是否强制将刘刚送入精神病医院，三方也各执一词。其实本案的焦点，在于刘刚到底有没有精神病，以及校方、院方的行为是否合法。

根据院方的入院记录，除了刘刚“病前性格孤僻”，其他项均显示正常。一个人若是没病，却莫名其妙地被送进精神病院，想想就很可怕。这样的行为，不仅是对公民人身权利的践踏，也会让公众产生恐慌与不信任感。

刘刚所在学校，在事件中扮演的角色并不光彩。根据报道，校方在没有知会当事人的情况下就通知了家长，让家长携带医院工作人员来学校。当医务人员到了学校之后，更有无视家长意愿，鼓动工作人员将刘刚强行带走的嫌疑。

关于疑似患者的送医问题，一直颇有争议。根据《精神卫生法》规定，除个人自行到医疗机构进行精神障碍诊断外，疑似精神障碍患者的近亲属可以将其送往医疗机构进行精神障碍诊断。但“疑似精神障碍患者发生伤害自身、危害他人安全的行为，或者有伤害自身、危害他人安全的危险的”，其近亲属、所在单位、当地公安机关应当立即采取措施予以制止，并将其送往医疗机构进行精神障碍诊断。

刘刚既没有自伤、伤人行为，也没有潜在自伤、伤人的危险，学校哪来的权力强行将刘刚送往精神病院？

根据报道，刘刚在学校觉得新宿舍的家具有气味，多次要求调换宿舍；学校认为“刘刚多次违反纪律、在微博诋毁学校老师，影响到他人的生活”。那么照此所言，个性比较强烈的“刺头学生”就应该都被送到精神病院？这不仅不合理，也不合法。

除学校外，事件中医院所扮演的角色同样不光彩。在刘刚入院的过程中，医院不仅涉嫌虚假诊断，还有诱骗家属签字同意住院的嫌疑。更不用说在住院过程中还存在暴力殴打病患的行为。

早在2012年，全国人大常委会在制定《精神卫生法》的时候，就考虑到面对强制收治精神障碍患者的程序缺失，个别地方发生的强制收治案例引起患者及其亲属的强烈质疑的现状，意在杜绝“被精神病”的现象。而事件中医院的行为，明显违背了“精神障碍的诊断、治疗，应当遵循维护患者合法权益、尊重患者人格尊严的原则”。

在法律保障之下，就算是精神障碍患者，在无危害行为时，也不能随意被扭送精神病院。但现实中，“被精神病”案例屡屡见诸报端，精神病院很多时候成了处理“刺头”的收容所，这理当引起重视。

在精神障碍患者权益保护的路上，无论是“无病者”还是真正的病患，我们都还有很长的路要走。

（澎湃新闻《马上评》栏目，2018年10月15日）

职业体育与全民健身的文化从来不是泾渭分明的

今天，火箭队和上海大鲨鱼队来了一场对决，给中国篮球迷献上福利。但比赛刚打了三分钟，周琦就意外扭伤膝盖，坐在轮椅上被推下场，好在检查显示伤情不太严重，但终究为比赛蒙上了阴影。

周琦作为现在中国球员在NBA发展的“独苗”，过了新秀赛季的适应期，获得了实力的增长，正是争夺火箭队主力轮换的关键时期，他的受伤让怀有巨大期待的无数球迷伤心不已：难道中国球员就注定要被伤病困扰吗？中国球员登陆NBA就这么困难？

此前独行侠队和76人队在深圳的季前赛中，CBA常规赛MVP丁彦雨航在场上仅靠罚球夺得一分，也让球迷在担心他膝盖伤病的同时感到失望。在短期合同的考察期过后，丁彦雨航不出所料没能进军NBA，仅有可能和独行侠下属的发展联盟球队签约。

就目前而言，现役的CBA明星到了NBA，似乎很难再现姚明时代的辉煌，也满足不了中国球迷的看球期待与民族自信。

于是，一些网民言语之间流露出戾气。“中国篮球不行，发展不起来”“中国人体质就不如美国人”“没必要抱什么期待了，中国人打不了 NBA”之类的愤懑、自暴自弃之语，很有些市场，连带着国内的篮球职业化改革都受到了质疑。

我们的球员不行到底是“体制”不行还是“体质”不行？

一方面，现在中国职业篮球的改革肯定比原来的更合理，更鼓励球员上进。2017 年 3 月，国家体育总局办公厅下发《关于篮球改革试点有关事项的通知》，宣布从当年 4 月 1 日起，原来由国家体育总局篮球运动管理中心承担的业务职责被移交给中国篮协，从此中国篮协成为中国篮球的业务管理机构。

市场化的浪潮一拍打起来，CBA 联赛的价值立刻大大上升。虽然还存在球员价格虚高、缺少优秀教练员、训练科学化程度低等问题，但改革肯定是在逐步进行的。市场化程度加大，自然会逐渐完善产业链，发展出适合中国篮球市场规模的联赛。只不过，现在中国篮坛活跃的球员还不是在新改革体制下培养、成长起来的，改革的成效落地，还得放眼后几年的球员成长。

另一方面，篮球这一项运动在中国的兴衰，与其说是体质问题，不如说是文化问题。篮球自打进入“小球时代”以来，对球员身体素质的要求就已经在一定程度上下降了。在对抗、弹跳、肌肉密度上，中国球员或许没有优势，但是 NBA 出现过太多不以身体素质著称的球星，远有“纳不防”纳什，近有“勉扣之王”

库里，但他们都是非常伟大的球员。

中国和美国真正的差距还是篮球文化产生的市场大小。传统家庭观念、升学压力的阻碍，让真正以篮球为业的青年和美国比起来差距较大，教练员、训练师、理疗师、队医、营养师等产业链发展不完备，很多年轻球员从小的训练就不科学，积攒下一身伤病和不规范的动作，肯定会延缓其天赋的发挥。中国球员伤了又伤，有一部分原因就在这方面。

职业体育和全民健身的文化从来不是泾渭分明的。说到底，有多大的篮球市场，就干多大的事儿；愿意从事这行的人多了，行业自然就会壮大。

从篮球运动的大盘来看，中国篮球文化正是起势之时。综艺节目《这，就是灌篮》的大获成功，侧面证明了中国人到底有多热爱篮球。“全民健身”的号召更是进一步拓宽了体育市场和民众对于从事体育职业的看法，会进一步刺激篮球文化的兴盛。同时，新一代的“中国家长”也在进步，更多的中国年轻球员参加青训、登陆 NCAA（美国全国大学体育协会，由美国千百所大学结盟）打篮球也是这种观念的显现。相信在未来，崛起的球员肯定不会是独苗，而是一拨。

或许，面对周琦和小丁的挫折，我们要叹一声，更要反思：假如让你的孩子参加可能会影响学习的专业篮球训练，你愿意吗？

选择愿意的家长肯定会越来越多，球迷们也应该平一平怒气。留给中国队的时间，还有！

（澎湃新闻《马上评》栏目，2018年10月10日）

红领巾上印广告，
校长被处分，“万达”没事？

据《法制日报》9月28日消息，山东菏泽开发区丹阳路小学向小学生发放的红领巾上，印有“菏泽万达广场”广告。此事引起舆论哗然。

当地教育局回应称，25号下午，该校向三年级学生发放了一百余条红领巾，因未拆封，没有发现印有商业广告。有老师发现问题后，在家长群中发布了不要佩戴的提示，26号上午全部收回。

今天上午，菏泽通报丹阳路小学红领巾印广告事件：校长被党内严重警告。同时要求各学校深刻吸取教训，严禁商业广告进校园。

在红领巾上打广告，只怕小学生都知道是不可以的事。每一名小学生在加入少先队，系上红领巾的那一刻，肯定都听到过这样的教导：红领巾代表红旗的一角，是用烈士的鲜血染成的。这一刻，爱国主义的种子已深埋小学生心中，他们内心迸发的是自豪与尊敬之感。神圣庄严的红领巾，怎能被商业广告侵占？

将商业营销的主意打到了红领巾上，暴露出一些商家在利益为先、功利至上的考量下，失去了底线。似乎在他们看来，只要能带来利益，其他都是不需要考虑的，广告要打得越标新立异、抓人眼球越好。殊不知，这样功利浮躁的“商业主义”，不仅会侵染校园文化，对价值观还在形成期的孩子们造成不良影响，还伤害了国人感情，挑衅了公共利益。

这已经不是红领巾第一次被用于商业领域了。今年8月，某企业邀请日本演员出席商业活动时，为其佩戴红领巾，引发轩然大波，舆论一边倒地指责、批评。全国少工委提出严正谴责，并称将联合有关部门，根据《英烈法》依法追究当事企业的法律责任。随后，该企业“光速”发布道歉声明，称“我们深刻意识到了错误，郑重向全国人民致歉”。

要问一句，这才过了一个多月，为何又有企业重蹈覆辙？难道是此次的商家完全没看到上次事件引发的负面影响？还是，商家正是看到了其“轰动性”的影响，而事后受到的处分又不重，这才效仿为之？

商业广告的边界需要法律和制度来框定。我国《广告法》第三十九条规定，“不得在中小学校、幼儿园内开展广告活动，不得利用中小学生和幼儿的教材、教辅材料、练习册、文具、教具、校服、校车等发布或者变相发布广告”。红领巾属于中小学生用品，且多是在校园内佩戴，在红领巾上印广告，涉嫌违法。

早在2005年11月28日，全国少工委就印发了《关于中国少年先锋队队旗、队徽和红领巾、队干部标志制作和使用的若干规定》，其中明确规定，红领巾不得用于商标、商业广告以及商业活动。9月29日上午，全国少工委办公室回应称已注意到此次舆情，目前正在处理。

学校把关不严，相关责任人受到处分，是理所应当的。那商家和广告制作者呢？

尽管目前还没有来自万达方面的回应，但可以预见的是，他们也将受到进一步处理——根据《广告法》的规定，由工商行政管理部门责令其停止发布广告、在相应范围内消除影响、进行相应罚款，并可以吊销营业执照，由广告审查机关撤销广告审查批准文件、一年内不受理其广告审查申请。

今年9月30日，是我国第五个烈士纪念日。每一个人都有来处，每一个民族都有历史。对烈士的尊敬，就是对我们这个国家精神脊梁的敬仰。对烈士的精神传承不会结束，也不该被混入杂质。红领巾应该永远是纯粹的鲜红。

（澎湃新闻《马上评》栏目，2018年9月29日）

演唱会“七杀”逃犯，但我们就剩下抖机灵了？

近日，张学友演唱会“七杀”逃犯的消息引爆网络，顿时引起了全民的狂欢，连续七次在演唱会上抓到逃犯的张学友顿时成了大众娱乐消费的对象。全网分布各地的“段子手”闻风而动，在网上发布自己想的关于张学友和罪犯的笑话，引来点赞无数。

这样的场景看上去其乐融融，全民都在这个事件中得到了消费，而“段子手”们也在展示自己的才华与获得称赞中得到了快乐。但这样的快乐是大家所需要的吗？

我们反观这一系列公共事件，可能带来的是大家想象之外的娱乐的飘荡幽灵，在“抖机灵”这样全民娱乐模式的华丽的外衣之下，隐藏着的是来自娱乐的可怕侵蚀——娱乐至死。

最近几十年的娱乐模式可以说是一天一变样，在网络时代各种有趣到令人成瘾的 APP 更是层出不穷。可以说，娱乐业发展日新月异，甚至渐渐成了衣食住行以外的人类第五根支柱，而且还是更高一级的精神支柱。

而花样繁多的娱乐产品带来的后果，就是民众对于娱乐的追求越来越高，这就是人的适应性。人类在不断地适应更多元的娱乐的过程中，对于娱乐期待的阈值必然也是在不断地提升的。这就让生产娱乐内容的人——同时也是娱乐内容的受众，不断地提高自己言论的娱乐性，挖空心思、抓耳挠腮只为了博人一笑。

更多人在网上发表自己的言论的时候，也对自己有拥有更高的娱乐精神的要求，在发布社交消息之前都会拿着手机苦思冥想，没有好笑的想法宁可不发言。

而张学友一事更是让素爱“抖机灵”的网友激动不已，本身就有戏剧性的事件在“段子手”的加工下更能引人发笑。类似“他来听我的演唱会，赢得手铐一对”之类的戏仿之作层出不穷，最终才成就了媒体业，乃至泛舆论圈子的狂欢。

而在普通的娱乐事件狂欢之后，这样“强制性娱乐”的精神也蔓延到了其他本来应该与娱乐隔绝的领域。甚至一些媒体发布严肃的时政消息时，也越来越倾向于使用娱乐化的语句，或者抖个机灵、写个段子来吸引受众，如人民网之前连发多篇文章批的“跪求体”“哭晕体”“吓尿体”等浮夸文风。

美国著名传播学家尼尔·波兹曼在电视时代就提出了对这样的“娱乐至死”的批评，他认为电视将一切内容用娱乐的方式表达出来，让所有的行业都变成了娱乐业，民众除了娱乐，再也没有所谓政治、经济、文学，正所谓娱乐之外，皆尽虚无。

这是他对于电视媒介的批评，但是互联网很明显比电视的威力还要大，更加深刻地增强了娱乐对于人类精神的“倾销”。似乎在媒介进步的潮流下，人类就像大河暗流中的小木板一样，只能跟着打旋儿，再也没有自己思维的立足点，只能走向变本加厉地挖掘娱乐，走向更加深不见底的娱乐之莫比乌斯环。

波兹曼认为这一切都是媒介所导向的，从这些传播方式诞生的那一天起，人就只能被技术带着走，媒介是人类的认识论，是凌驾于话语之上的意识形态。

娱乐仍然是人生活的一部分，娱乐至死并不是人类命运的终点，永远有人在思考，永远有人在警醒，娱乐至死的危险风暴反而会提醒人们：勤于思考永远是免于被淘汰的良方。当张学友演唱会成为逃犯的“捕鼠夹”，除了没有营养地编派段子之外，严肃的议题不能被隔绝，比如，公共场所人脸识别技术的应用边界在哪里？如何避免与公民的隐私权的冲突？高科技的刑侦手段能否彻底杜绝犯罪，改变人性？

（澎湃新闻《马上评》栏目，2018 年 7 月 13 日）

吴亦凡粉丝刷榜，不过是娱乐圈的一个潜规则？

近日，明星吴亦凡粉丝“刷榜”的新闻引发了大众关注。11月2日吴亦凡的新专辑上线不到五小时，就位居iTunes专辑总榜第一，这一成绩也让国内外网友怀疑吴亦凡的粉丝可能违规操作，用“刷榜”来让专辑成绩突出。

其实这样帮自己的偶像“刷榜”的行为，在追星粉丝集中的“饭圈”里并不是个例，几乎所有流量明星的粉丝都会用“刷”来表示对自己偶像的喜爱。有很多明星的粉丝团体都有称为“数据组”的部门负责“做数据”和“控评”，顾名思义就是专门负责帮忙转发、点赞和刷正面评论、控制负面评论，有时候甚至一个人能转发数百次同一条微博。这也导致了一些明星的微博有数千万转发量，点赞数却只有几十万。

这样“刷流量”的现象背后，无疑是“唯流量至上”的价值观。在网络社会，流量是最直观反映人气的数据，流量的多少很大程度上决定了广告商、消费者甚至是播放平台的选择。作为娱乐的“晴雨表”，流量被很大一部分娱乐从业者视为最高甚至是唯一的衡量标准，这样的价值观带来的蝴蝶效应是巨大的。

最显而易见的影响就是“劣币驱逐良币”。“流量为王”的功利思想，会逐渐淹没好作品。无论是电影、电视剧还是歌曲作品，投资者们越来越“求稳”，请几位有流量的“当红明星”绝对是稳赚不赔的事情，又何必辛辛苦苦挖掘好作品，冒以小博大的风险？长此以往，真正的好作品得不到发掘，艺术被“流量”淹没，明星越来越多，但是艺术家却越来越少，民众日益提升的审美需求越来越得不到满足。

明星靠“流量”说话，也不利于追星青少年的健康成长。流量明星的粉丝群体都具有组织化、团体化趋势，粉丝们由“大V”和“职粉”带领，分工明确、各司其职。这样有组织而且旷日持久的支持“爱豆”、帮忙刷销量和数据的行动占据时间且消耗金钱。进一步说，明星们才德与名位的错配更有可能误导粉丝对奋斗的追求、对艺术的理解，甚至让一些年轻粉丝的价值观受到影响。

不仅如此，除了粉丝的自发行为，流量造假、刷量等恶性竞争的行为，还会催生出专门“制造流量”的灰色产业链。有微淘商家介绍，明星的流量都是可以明码标价的，比如说转发、点赞的价位大概在 100 条 10 元，评论的价格则大概在 100 条 15 元。“水军”产业一旦庞大，市场就会被搅浑，有品质的作品得不到认识，正常的市场规则就会被破坏。取而代之的是以“刷流量”为默契的潜规则，如此一来，娱乐产业发展必然走向畸形。

“任何不能永远发展的事物，都终将消亡”，市场具有自我调节的能力，吴亦凡的粉丝“刷榜”引发的争论就是一个变化的信号。当公众意识到了流量生产出来的工艺品不符合自己的需求的时候，会主动求变，希望能够转换现状。

而需要“看得见的手”做的，可能就是立法打击伪造数据的灰色产业。流量作品虚假繁荣的泡沫被戳破，真正的好作品才会浮现出来，文化事业和文化产业才会健康、蓬勃发展。

（上观新闻，2018 年 11 月 12 日）

用国旗遮挡赞助商商标，孙杨这是不是真“爱国”

8月19日，孙杨在亚运会领奖台上不穿着中国代表队统一赞助商的衣服，招致了赞助商安踏的不满与声明。而在20日晚的颁奖仪式上，孙杨选择了穿上安踏的领奖服，但同时用国旗图案贴纸遮盖了商标，并且还身披国旗遮住了服装的商标部分。

这一行为引发舆论热议，矛头多直指当事人的“契约精神”，或是争论商业利益与团体意识。然而，有一个重要的细节，似乎不应被轻轻放过：孙杨使用国旗作为“标签”，来掩盖个人代言同国家队赞助商之间的契约冲突，这妥当吗?

一直以来，孙杨作为中国的运动健儿，一直以爱国形象示人，甚至被认为是诠释爱国主义精神的代表人物之一。无论公私场所，孙杨都自豪于表现出自己对于国家、对于国旗、对于荣誉的热忱。就在前几天的亚运会颁奖台上，面对国旗掉落的状况，孙杨要求主办方重新进行一次升旗仪式，这一行为广受舆论褒扬。

可以说，爱国已经成为孙杨作为公众人物的标签，组成了他阳光、向上而正能量的公众形象。然而，用国旗来遮掩赞助商的标签的行为，却可能让“爱国”的形象走向另一面，甚至引起舆论不必要的误解——国旗，是不是被当作了掩盖赞助商纷争的挡箭牌？在这样的场景下特意用国旗遮挡，算不算对“爱国主义”标签的一种策略性使用，甚至一种消费？

我们不能为孙杨下这样的定论。但作为一个公众人物，在事关国家荣誉的特殊场合，一言一行不能不考虑各种潜在的影响，包括被解读甚至误读的可能。

“爱国主义”一词从在拉丁文中诞生开始，代表的就是对自己土地的热爱，而后扩展为对国家的价值观、风俗文化、历史的同理心与自豪感。而在中国文化的语境下，从顾炎武的“保天下者，匹夫之贱与有责焉耳矣”分开君国开始，爱国主义就不是个人的私德那么简单。

孙杨为国家争夺一块又一块的金牌，而且对于国家的象征标志拥有着超乎寻常的仪式感，自然是爱国情怀。但是爱国并非只有刻意强调这单一途径。钟扬呕心沥血给中国留下种子希望是爱国；“氢弹之父”于敏隐姓埋名几十年为国研发武器是爱国；我们身边的支教者、志愿者、各行各业尽心尽力的民众也是爱国的。他们之间的共同点就是不把个人利益与得失凌驾在爱国主义之上。

爱国主义起于个人的家国根系与认同感，是一种不求回报的精神寄托，要是与商业、名利挂上钩，难免使这一纯粹的品质染上了令人怀疑的色彩。而拥有巨大影响力的公众人物更是如此，爱国主义能成为你身上的加分项。但一旦将爱国主义作为自身的标榜与护身符，可能就会让公众产生迷离于修辞幻境的不信任感。

在这个事件中，孙杨个人的代言要求不能穿其他品牌的衣服，而安踏却赞助了中国国家代表团，这两者的冲突应该是纯粹商业考量上的，而不应该进入爱国的领域，孙杨如此作为确有过度消费国旗之嫌。

国旗是国家的象征，用来介入商业纷争，甚至给商业行为背书，是不可取的；作为公众人物，理应对此有所考虑。

而此事的不断发酵，也给社会公众提了一问：当我们常常用一些夸张的形式宣称自己是“爱国者”时，我们的言行，是真正的“爱国”吗？

（上观新闻，2018 年 8 月 21 日）

吴亦凡粉丝为了偶像抱团开骂，“饭圈”文化真的那么可怕吗？

近日，虎扑论坛网友批评男明星吴亦凡，招致其粉丝的反击，一时之间口水大战四起，相互谩骂的评论刷屏网络，流量之大甚至造成论坛网络拥堵。

口水战中，舆论场开始出现“狼来了”的声音。大众再次惊呼粉丝力量之大，批评者则由此产生对“饭圈”文化广泛传播的担忧。

“饭圈”文化近年来不断走热，成为流行文化中不可忽视的一部分。“饭圈”意指由追星的“粉丝”们组成的圈子，对他们的担忧和反思也由来已久。刨除无理的谩骂与发泄，这一次集中于吴亦凡身上爆发的风波，起因就是一部分网民对于“饭圈”文化的不屑，认为这群粉丝们的行为乃是不务正业，他们喜欢的偶像也都是“德不配位”的捞金之徒。所以长久以来，“饭圈”这个人数庞大的集体，也往往处于兴趣爱好鄙视链的底端。

“饭圈”或者“粉丝”，真的那么可怕吗？其实所谓“粉丝文化”早已经被学界所研究，并不是最近才出现的社会现象，也没有传统观念中的那么可怕，对此的“威胁论”之说也大可不必大肆宣扬。

传播学里，粉丝文化又被称为“粉都”，也就是“fandom”一词，指的是因为迷恋某个个体而产生的自我组织与传播的一种效应。作为粉丝文化的一部分，你迷恋的是什么人，甚至是什么物品，都属于这种“粉都”效应的范畴之内——也就是说，你喜欢C罗也好，吴亦凡也罢，抑或是一个“感动中国”的典型人物，在心理学的概念里都是一样的，都是迷恋的效应，都是一种自我建构出来的崇拜，在学理的角度上并无高下之分。

这种崇拜建立的基础，就是批判学者们认识的所谓“白痴型受众”，他们认为，正是因为受众的“白痴”与无法精神自理，才会被“粉丝工业”的产品带着走。只不过每个人生长的环境不同，来主宰你的“偶像”自然也就不同。喜欢运动的男生自然容易被体育明星所吸引，而倾向于消费与看娱乐节目的女生则容易为流行偶像倾倒。

批判学派的学术话语总是说，这样的现象是人类被文化工业所宰制。但其实，人本身就是容易崇拜别人的个体。不说当代，古代就有潘安掷果盈车、世人看杀卫玠等等对于美男子的疯狂崇拜，现代也有披头士和迈克尔·杰克逊这样的超级巨星，只能说对于其他个体的崇拜根植在人的基因里，并不值得拿出来大惊小怪，更不应随意加上“社会堕落”的判词。

与过去的粉丝崇拜不同的无非是，现代的所谓“饭圈文化”更加有组织性，也发展出了自己的特色与言语。但严格来说，他们不过是“fandom”的延伸，由此而来的亚文化也并不成为社会发展的阻碍。而且社会主流也在积极引导正能量偶像的存在，或许有些偶像们能力不足，但是绝对鼓励粉丝们上进、学习、热心公益，与所谓的人心不古并不沾边儿。此前，林俊杰的一位粉丝发表自己人生当中第一篇 SCI 论文的时候，还在文中感谢了偶像林俊杰作为激励自己这么多年努力学习的动力，偶像所具有的正面意义可见一斑。

粉丝文化确实是在浩荡袭来，在生产力被大大解放的今天，娱乐本就成了人们生活中的重要部分，“饭圈”也逐渐从小众的圈子发展为流行文化的一部分。只要加强引导，饭圈也有其意义所在。

进一步说，“粉丝文化”的“威胁论”，很大程度上是社会转型期间各种观念对冲之后的产物。冷静下来，响彻多时的“狼来了”的声音，其实大可不必。

（上观新闻，2018 年 7 月 28 日）

无问西东，最浪漫的主流价值观

不久前，复旦大学 113 周年校庆时 19 位古稀之年的同窗校友的合照引爆了网络，得到网友一片赞扬声，在网络上带来一阵清风。

他们是复旦大学 1962 级物理二系 041 班的校友，半个多世纪前的 1962 年，35 位来自各地的学生组成了班级。六年的大学生涯之后，这个班其中的 33 人分配前往外地，包括西南深山、西北戈壁荒漠、东北小海岛等地方，从事几十年无人知晓的研发工作。

有人觉得很眼熟，这不就是电影《无问西东》当中的情节吗？电影的主人公正是为了国家的科研，只身一人去了戈壁研究原子弹。许多科学家当初都是为了自己心中的理想，为了那样青春年少的浪漫，到了祖国的各个地方，潜心几十年。这些老科学家们代表的，就是中国几十年来一直以来倡导的主流价值观——奉献。这样的价值观的内核，就是为国、为集体奉献，是一种把自己的利益弃置不顾，把自己的生命投入到国家建设的浩荡潮流中的澎湃激情。

为什么说这样的价值观浪漫呢？浪漫一词源自英文的“romantic”一词，也就是富有诗意的、充满幻想的。无论词义怎样流变，无论是在哪一国语言里，这个词当中饱含着的在人类血液中奔腾的激情和感动是恒久不变的。

浪漫这一词，从诞生伊始，就充满了理想主义的色彩。那些当年风华正茂的青年们，他们的内心被理想主义澎湃着，被家国情怀满溢着。

在他们开学的第一天，就有采访的记者忍不住对这些学生说：“看到你们，我好像看到了未来的物理学家！”这正是这群勃发着理想主义的青年们，给了记者这样非常直观的印象。没错，他们确实证明了记者的预言，他们在祖国各地实现了自己的承诺。无问西东，在荒岛、在戈壁、在深山，一群年轻人完成了时代赋予的使命，现在，他们都成了老人了。这些老科学家们或许老态龙钟，但在我眼中却有着比西装革履更加令人激动的浪漫。

而这些老人的浪漫不仅仅停留在理想主义这一层面，还表现在那种“无问西东，为国为民”的知识分子情怀。这种情怀是满腹才华却甘于寂寞的品格，是重义轻利的抉择。这种抉择可不是每个人都能做到的。

对于一般人来说，窝在海岛、戈壁这样的地方几十年如一日地做研究是多么枯燥的事情，面对着相同的地点、无趣的景物，日复一日地重复劳动，得到如山一般的稿纸和研究资料，一直到你老了，却始终默默无闻，有何浪漫可言？

有这样的本事，加入某个科技公司，轻轻松松就能踏上中产阶级的台阶，甚至人生的步伐再往上迈只是时间的积累而已。这样积累资产、旅行、消费，坐在爱琴海边欣赏克里特古风余韵下的音乐诗篇，岂不更加浪漫？

于是类似于咪蒙这样的所谓“励志”写手发声了：“我喜欢这个功利的世界，当你足够优秀，所有你想要的一切都会主动找上你。当你发光发亮，自然万众瞩目。”攫取名利，然后过着花钱享乐的幸福生活，这在当代就是成功的真谛，这样的价值观一直都在民间盛行。

苏格拉底曾经说：“不经过思考的人生是不值得过的。”我不认为这群科学家没有对自己人生进行过深思熟虑的思考，在思考过后，他们决意把国家、把人民的利益放在自己个人的名利之前，隐姓埋名为科研献出终身。从走进校园的那一刻起，他们就选择了人生最为艰苦的一条道路，这条道路像普希金说的那样，更加“充满荆棘，需要开拓”。正是那种科研人特有的浪漫，让他们选择了以一种最无名、最辛苦的方式实现自己。

无论是年少时充斥着的理想主义，还是落到实地的人生抉择，老科学家们代表着的这种主流价值观，归根到底就是奉献。为什么这样的价值观能让你感动？这和你感动于父母的爱，感动于老师的传授，感动于陌生人的帮助的情绪都是一样的。就是这种不求回报的奉献，才能激起你的热情，才能让你感受到这个社会的脊梁究竟在哪里，才能让你透过层层的迷雾，看见扛着这个国家负重前行的人究竟是谁。

当初被分配到辽宁的荒岛上，研发中国第一艘核潜艇的张国夫曾经说：“我们都是微不足道的人，不过是在那个时代去了祖国需要我们的地方，做了我们应该做的事……我们这样的年轻人，为了实现梦想，四海为家。”张老的话就是对这样的价值观最好的注解。

我不想辩驳所谓的自由选择和奉献自我之间的争论，我只是想为主流价值观正名，希望它能够重新成为社会精神的有力注脚，能真正成为主流。如果说，总有一种力量能让你热泪盈眶，我希望是主流价值观这样的力量：无问西东，我们在浪漫地奉献，在浪漫地实现理想。

（浙江日报“弄潮号”微信公众号，2018年6月12日）

吕京笏
评论作品

@我的校长、老板：快看！别人家学校放“春假”了

昨天上午，四川西南航空职业学院发布了《关于“泛美春假”的放假通知》，在放假时间总量不变的情况下，从2019年起实施放春假的制度，将今年春假主题定为“去赏花、去恋爱”，时间为4月1日至6日。消息一出，其他高校大学生纷纷羡慕。果然，“别人家的学校永远不会让我失望”。

云间春花，梦里芳华。眼下，复旦大学的“光草”（光华楼前的大草坪）春光独占，同济大学、武汉大学的樱花大道游人如织，重庆大学的郁金香及华南农业大学的紫荆花等“校花”纷纷绽放……明媚鲜妍芬芳了春天，却温暖不了那一颗颗想要放假的

年轻的心。对于很多同学来说，“卉木纷纷含喜色，我在教室玩手机”。

谁都知道，素质教育的一个重要方面就在于打破功利性，引导学生关注自己的精神世界，学会热爱生活、享受生活。在这其中，尤其在近年来的教育实践中，情感教育的重要性日益被重视，但其瓶颈始终很难突破。西南航空职业学院此次放春假，可谓迈出了可喜的一步。

“去赏花、去恋爱”的主题，不那么浪漫唯美、高大上，却更加契合学生们的真实想法，是对学生内心世界的关怀与贴近。“第一次遇到放春假，光听名字就觉得美好。”有学生坦言。穿上粉嫩的小裙子去赏花拍照，邀上三五好友去踏青远足，或是谈一场用心纯粹的恋爱，都是闪亮青春本该有的样子啊！

可别以为春假就是漫无目的、随心所欲的玩。学校已做了周密安排，包括布置相应的作业和社会实践活动，包含但不限于旅游日记、成长报告、手工制作、抖音短视频等，返校后组织春假作业展览。可见，放春假其实是教育的另一种形式和创新，让学生走出课堂和校园，用心感受春日的美好。

另外，虽然新添春假，但学校也明确表示一年的假期总量保持不变。这一方法与两会期间热议的“隔周三休”等提议异曲同工，可视为一种更加灵活、人性化的休假机制。这在休闲渴望日益凸显的今天，必然成为新趋势。

羡慕归羡慕，对于其他高校的学生和广大“社会人”而言，寄希望于放春假，短期内可能难以实现。那就利用周末和即将到来的清明假期，去赏花、去恋爱吧，别把春光浪费在睡懒觉和玩手机上。

（澎湃新闻《马上评》栏目，2019 年 3 月 29 日）

“小篮球”，大梦想

3 月 9 日，中国篮协主席姚明在第二场“委员通道”表示，我们需要在青少年活动当中加大力度继续开展“小篮球”运动。

小篮球，顾名思义，就是运动员个头小一点，篮球小一点，场地小一点，篮筐低一点。小篮球是主要针对 12 岁及以下的少年儿童开展的篮球普及运动，旨在帮助孩子爱上篮球，养成锻炼习惯。

这个计划的提出已经有半个多世纪的历史。然而，关于篮筐高度、篮球大小的标准不明，缺乏完善竞赛体系等诸多问题长久没有得到解决，“小篮球”始终没有得到良好的开展。直到 2017 年，“小篮球”计划才正式按下了启动按钮。

从竞技体育的角度而言，“小篮球”计划的启动，可谓是一剂及时的良药。面对今年将要到来的奥运会预选赛，中国男篮女篮“压力山大”：中国男篮连续两届奥运会全败而归；引以为傲的中国女篮亚锦赛面对日本队两连败；周琦被裁，没有出场机会的丁彦雨航成了 NBA 的中国独苗……

青训的发展程度，在很大程度上决定着这个项目的成绩的高度，如姚明所说，“小篮球”开展得好，未来国家队的基础才会更牢固。

在中国，篮球注册人口只有 3 000 名左右。积极开展“小篮球”运动，深耕校园篮球，是建立庞大篮球人才培养与选拔体系的必经之路。

中国篮球青训的质量也需要在重视中得到提升。不得不承认，在教练能力、训练体系、训练设备、饮食结构等方面，中国篮球的基础教育与世界一流水平的差距是巨大的、全方位的。林书豪在接受记者采访时曾表示，中国篮球的基础教育对于基本功的塑造以及身体潜能的激发做得远远不够。

从更深的层次来讲，“小篮球”可以营造篮球文化的大氛围。增加以青少年为根基的篮球后备力量，除了营造篮球氛围，提升篮球运动的影响力，更是对篮球文化理念体系的构建，是对篮球生态的改良。在此基础上，中国篮球在联赛发展、体育赞助、底蕴积累、国际声誉等诸多方面，都会在更长的时间维度中投射出旺盛的生命力。

“小篮球”运动的意义，不仅限于竞技体育。

如果竞技体育是体育的奖杯，那么群众体育便是其厚重的底座。在全民健身蓬勃发展的当下，“小篮球”运动是对体育领域重竞技而轻大众思想的修正，它号召从娃娃抓起，让篮球遍布每一个角落，让全国人民爱上体育运动，这是对体育的宽度的延展以及对深度的开拓，更是对体育本质的回归，是在体育领域树立文化自信的重要举措。

同时，“小篮球”运动也是对传统教育体制的革新，开创了体教结合的新模式。不可能每个孩子都成为运动员，但就像姚明说的那样，“它不仅仅是一种乐趣、一种游戏，更重要的是让年轻人在成长过程中受到团队的运作、团队的合作、个人的努力等等一系列人格方面的培养。”这些，都是单纯依靠书本知识教育所难以达到的。类似的方法，在青少年教育中应该得到重视和推广。

“小篮球”运动进行一年多，成效显著。“2018 中国小篮球联赛”，有超过十万名小球员参与其中，涵盖全国 30 个赛区，15 365 支球队。

如同参天大树的成长离不开漫长的浇水、施肥，“小篮球”运动也同样贵在坚持。我们希望，通过商业宣传、完善配套制度等改革，篮球可以真正成为连接起希望、生活和每个人的独特平台。这是中国篮协对自身的期许，也是其在无数期待的目光中，写下的一份厚重承诺。

（澎湃新闻《马上评》栏目，2019 年 3 月 11 日）

高校改革要始终与时代、社会同频共振

3 月 7 日上午，全国人大代表、西安交通大学校长王树国在陕西代表团开放日上表示，社会的发展已经走在了大学的前面，大学自身再不进行改革就会被社会所抛弃。

我很庆幸自己是一名在读大学生。我们人生的黄金期，恰好处于我国朝着“两个一百年”奋斗目标大步迈进的伟大历史阶段。时代在给予我们广阔前景的同时，也赋予了我们更高的要求，我们渴望得到更好的大学教育。

我们生活在一个巨变的年代，整个人类社会的知识传播呈现快速扁平化趋势，互联网、人工智能、信息化、数字化等颠覆性技术如雨后春笋般涌现。如何突破象牙塔式的教学与人才培养模式，顺应时代发展的潮流，成为我国高等教育未来发展必须直面的重大命题。

大学是文化的灯塔、创新的摇篮，是一个国家竞争力的重要源泉。正如王树国所言，一个大学能否被称为一流大学，关键看它能否为社会、为国家作出一流的贡献。面对新一轮工业革命，中国需要坚实的人才储备与智力支持，为未来百年乃至更长时间的发展积蓄力量。

作为社会发展的坚实后盾，大学改革也理应站在时代的前沿。

早在2017年，教育部公布“双一流”建设名单时，便将一流大学区分为A、B两类，正是力求督促所有的一流大学建设高校加快改革、加快发展，推动归入B类的高校正视差距、奋起直追。同时对改革建设过程实施动态监测、动态管理、期末测评。

在“溢出效应”的作用之下，大学改革的热情弥漫全国，一幅百舸争流的画卷铺展开来。众多高校都开启了主动把大学和社会的发展融为一体，改革学科定位和人才培养模式的新格局。

以“一带一路”为例，2015年10月，复旦大学、兰州大学等46所中外高校，在甘肃敦煌共同成立“一带一路”高校战略联盟，以探索跨国培养与跨境流动的人才培养新机制，培养具有国际视野的高素质人才；2018年，北京大学成立“一带一路”书院，以人才培养和学术研究积极响应“一带一路”倡议。在今年的两会上，全国政协委员、民进天津市副主委、天津大学教授张水波提出：“高等教育亟须做好人才培育、课程设置等‘供给侧’改革，加速培养具备通识的国际范儿人才，以更好地服务‘一带一路’建设，推动中国企业走出国门参与国际竞争合作。”

从宏观上说，大学的发展应该紧扣时代脉搏，与时代、社会的发展同频共振，树立共同体意识，在增强自身实力的基础之上，创新人才培养理念与教育体制，加强校纪校风建设，广育苗圃，滴灌英才，为国家的发展与竞争力培养排头兵、主力军。

从微观上说，大学是国家的精神高地，代表着社会的理想和良知。要授人以“术”，也要授人以“道”，坚持立德树人的核心，培养学生良好的道德情操与正确价值观。

要教授飞天遁地的科技，也要培养顶天立地的人格，应该成为新时期高校改革的愿景。

（澎湃新闻《马上评》栏目，2019 年 3 月 8 日）

年底前携号转网，请运营商拿出十二分的诚意

3 月 5 日，李克强总理在《政府工作报告》中明确提出，在全国实行“携号转网”；随后，工信部部长苗圩在“部长通道”中发声：“年底之前实现所有手机用户自由携号转网。你对一家公司不满意了，带着你的号选择另外一家为你提供服务。”消费者为之望穿秋水的携号转网业务，终于要在全国范围内落地了。

实际上，携号转网已经说了多年，推进效果却不尽如人意。2010 年至今，工信部分两批次在天津、海南、江西等五个省份开展了携号转网试点工作，但累计成功率极低，几乎陷于停滞。

九年的马拉松式摸索，暴露了问题，也积累了经验。从技术上讲，携号转网需要花费很高的建设与维护成本，因为每个省的每家运营商都要进行用户管理系统、计费系统的改造，成本不小；在利益方面，携号转网必然牵涉到运营商之间的结算，却往往因为配套设置不够规范、手续烦琐等原因停滞不前，这也是试点期间市场反应冷淡的重要原因。

国际电信联盟（ITU）曾表示，携号转网是一个国家通信行业正式开始公平竞争的标志。携号转网正式从地区试点阶段过渡

到全国推行阶段，是对试点成果的肯定，彰显了工信部改善通信业生态、推动通信行业市场化程度提高的决心，也掀开了中国通信行业市场化竞争新局面的序幕。

从微观上说，随着互联网触角的延伸，手机号对于每个人都不仅是一个通信工具，微信、支付宝、美团、滴滴……这些伴随着我们日常的 APP 都要绑定手机号，一串不起眼的数字，可以说参与了整个生活的建构。一个固定的手机号像衣食住行一样，几乎成了生活的必需品，需求弹性锐减，很多人即使对自己的手机套餐不满意，也只能凑合着用。

在全国范围内推行携号转网，最直接的作用就是降低了更换运营商的成本，用户有了更多选择，由此加强通信行业的市场化竞争，推动运营商降低在用套餐的资费，提升已有用户的服务体验。如网友所说，“喜欢阿信找阿信，喜欢阿联找阿联，喜欢阿姨（移）找阿姨（移）”。

当然，携号转网的成果还需要在现实中检验。市场化竞争的新局面已经开启，让降费实实在在，让用户明明白白，别让套餐成为套路，也别把陷阱伪装成馅饼。拿出十二分的诚意，提高服务质量，在竞争中共赢，在共赢中惠民，才是长久之计。

（澎湃新闻《马上评》栏目，2019 年 3 月 6 日）

“学生提案”进两会：参与是成长，实践是责任

《关于整治老年保健食品欺诈和虚假宣传的提案》《关于将学生从校外辅导机构“拉”回学校的提案》《关于规范早教机构管理体制的提案》《关于加强中小学食堂膳食营养建设的提案》，这是上海奉贤中学、江苏省南通中学、浙江省义乌中学等六所学校在此次两会上提交的四份“学生提案”。

在一些人的认知里，庄严且“高大上”的两会与稚气未脱的学生群体有一定距离，但实际上，“学生提案”上两会已经有数年的历史，最早可以追溯到2012年推出的“全国青少年模拟政协活动”。这是一项以高中生为主体，通过模拟人民政协的提案形成过程，了解我国民主政治制度，提升综合能力的一项公益性青少年创新实践活动。该活动已连续举办五届，200多所中学2 000余名学生走近政协、了解政协。每年各省市两会召开前，全国青少年模拟政协活动最佳提案通过政协委员提交省市两会。今年提交全国两会的“学生提案”，均产生于2018年8月第五届“全国青少年模拟政协活动”中遴选的“最佳提案”或“优秀提案”。

可别以为“学生提案”只是个形式，从以往情况看，不少“学生提案”得到了有关部门的高度关注和积极反馈。比如，2016年的优秀提案《以“互联网+老年人关怀之家”推进中国智慧养老的提案》被提交至2017年全国两会，学生们提出的“互联网+居家社区养老服务”的新模式，目前已在一些地方探索实践，并取得良好反响；2017年的优秀提案《关于完善中小学性教育体系的提案》提交至2018年全国两会，10月得到正式回复，被接受办理。

“学生提案”进两会，让青年学生了解我国政治制度的途径，从原来单一抽象的书本知识，转变为生动可感的实践行为。更难得的是，它传达了这样一种观念：两会事关每一名中国人，也需要每一个人的参与。

从微观上说，学生视角下对社会的观察与体悟，是全面了解社情民意的有益补充。他们的提案，切入点小而具体，同时又关注身边事，比如今年《关于加强中小学食堂膳食营养建设的提案》，直接取材于学生生活。对于这类话题，学生们更有话说，也更有动力开启聪明才智，提出更具可操作性的建议。

参与是一种成长，实践是一种责任。“学生提案”上两会，输送的不仅仅是一份份提案，更是一个个造血干细胞，通过不断“造血”，让青年学生成为政治协商大门越来越开放的亲历者，并在政治参与中得到满满的获得感，增强其责任感、使命感。

与社会心连心，与国家民族同呼吸、共命运是一代代中国知识分子的毕生追求。作为后续接力的青年学生，也应该跳出书本知识的学习，学会了解时代声音与家国梦想，关注身边的人和事，传递青年的呼声，让青春梦想成为民族复兴的力量。

（澎湃新闻《马上评》栏目，2019 年 3 月 5 日）

更年期可申请调岗？
女职工权益保护更需“软着陆”

3 月 1 日，《山东省女职工劳动保护办法》（以下简称《办法》）正式施行。其中最受关注的是第十六条规定：女职工经医疗机构诊断为围绝经期综合征不能适应原安排的劳动，申请调整工作岗位的，用人单位应当安排其能够适应的其他劳动。

围绝经期综合征即通常所说的“更年期综合征”，是很多更年期女性挥之不去的梦魇。人到更年期，性激素的波动会引发一系列功能紊乱问题：体力、精力大不如前，工作劳累不减，上有老下有小，家里有高中生的，还要起早贪黑伺候考生……身体机能变慢了，时间却铆足了马力极速奔驰，各种慢性病也往往随之而来。

所以，《办法》关照到职场更年期女性是一次重要的进步，在残酷的职场中播撒了一丝体贴与理解的人文关怀，让无数女性看到了希望。然而，好评如潮的同时，不少质疑的声音也涌将出来。

从经济学的角度讲，职工与用人单位之间存在着典型的供求博弈，《办法》的推行确实是对女性的保护，也会在无形中增加企业的用人成本，导致其缩减对女性的需求，进一步增大女性就业压力；在实际推行中，因为更年期判定有难度、职工维权成本较高等问题，可能导致企业在政策落实的途中设置障碍。

另外，不难预料的是，这一政策在公共机构更容易执行，要在民营企业落实，客观上会让企业利益受损，从而导致企业缺乏实施的能动性。这是否会造成新的就业不公平？

说到底，政府及各职能部门在女性职工的权益保护上，不仅要做裁判员，还要做后勤保障人员和效果观察员：出台相应的配套措施，在财政、税收或其他方面，弥补企业的损失。在进一步实现对更年期女性的关怀的同时，保护好女性职工的平等就业、职业安全和身体健康，激发女性职工的工作积极性、主动性和创造性，如此才能促进劳资关系和谐。

女性职工的权益保护，绝非出台一条规定就能一劳永逸，这是一套“考点”广泛的“综合试卷”。正如很多女性表示，“这么多的禁忌条件，仿佛在强调女性天生就是弱势，虽然有保护作用，却也限制了女性的发展”。只有在推行过程中不断结合现实进行调整，权衡各方利益，化要求为引导，才能让对女性职工的呵护实现“软着陆”，使得对女性的关怀普及为整个社会的价值观，让她们在生活中真实感受到平等开明的职场环境和人性化的关怀。

（澎湃新闻《马上评》栏目，2019 年 3 月 1 日）

国乒立下军令状备战东京奥运会，其他项目敢不敢跟

2 月 25 日上午，中国乒协正式公布备战东京奥运会战略体系以及新一届教练员组名单。为了激发新教练组危机和责任意识，刘国梁为教练组设定史上“最严”考核标准，完不成标准将集体降级、降薪，更给自己定下目标，完不成任务自罚全年薪酬。

积分制是这次“最严”考核标准的核心内容：刘国梁将公开赛、世乒赛、世界杯等比赛划分为三个等级，只有在国乒获得冠军时，教练组才可得到一定的积分；拿不到冠军，积分为零，不同级别赛事的冠军分值不同。中国乒协将根据教练组最终得分对其酌情奖惩。

备战东京奥运会，国乒也是拼了。“最严”考核标准之所以“最严”，主要体现在两个方面：

一是成绩要求高，而且严格量化、公开透明。各教练组需在年底达到 12 000 分才视为基本合格；完成 12 000—14 000 分的，中国乒协将视情况对教练组进行评估或调整；如果教练组在重大赛事中连续出现失误，中国乒协将酌情对教练组做出调整。按照三个等级的积分设置，即使拿到第一级别的所有积分，即包揽世

乒赛、团体世界杯和亚锦赛团体项目的所有冠军，积分也只有11 000分，距离及格线还差一个二级项目冠军或者两个三级项目冠军，难度可想而知。

二是严格的利益挂钩与严厉的惩罚机制。只有达到考核标准的教练组成员才能获得基本工资；超额完成绩效指标的教练组还可以获得一定数额的奖金，积分越高，奖金越多；如未达到基本考核标准，主教练和组长将受到同时降低一级岗位的处罚，所有教练组成员将被扣除基本薪酬的50%作为处罚。刘国梁也表示，一旦男、女教练组有一方没有达到及格标准，他将自罚全年薪酬。

“最严”考核标准出炉，严格的不应该仅仅是外界标准，更应该内化为每个教练员、运动员对自己的要求；通过考核标准驱动成绩进步固然重要，体育精神的回归与内化才是重中之重。竞争和进取，始终是谈及体育精神内核时绕不开的字眼，将成绩与级别、薪水挂钩，是对进取精神和竞争意识的强化，也是对体育精神的回归及其内涵的丰富与补充。优异的成绩就像鲜艳的花朵，严于律己、精益求精、积极进取的体育精神，才是滋润其欣欣向荣的土壤。

从哈尔姆斯塔德世乒赛的U21新政，到教练组的双轨责任制，再到如今的“最严”考核标准，一系列改革信号接连释放，为国乒开出了一例例直击病灶的药方，更彰显了一种敢于自我剖析、积极寻变的态度。作为世界公认的“常胜将军”，随着奥卡洛夫、张本智和等外籍球员屡屡在世界大赛上摘金夺银，国乒遭到了前所未有的艰难阻击。在这种情况下进行改革，深入研判、缜密思考的专业素养固然重要，敢于放下身段，奋起直追往往更加难能可贵。

进入东京奥运会备战期，国乒教练组的高标准、严要求，为其他项目作出了表率。应该清醒看到，除了乒乓球外，羽毛球、跳水、体操等优势项目近年来都面临着青黄不接、群雄竞争的困境。我们应该从胜利中获得信心，从失利中吸取教训，更应该从改革中收获丰硕的成果。

“爱拼才会赢”。国乒“最严”考核标准，应该成为整个中国体坛的标杆，也为各代表队备战奥运会带来鲶鱼效应。不妨向国乒看齐，以最严格的考核、最艰苦的训练，换取奥运赛场上最优异的成绩，以回报亿万国人的期待。

（澎湃新闻《马上评》栏目，2019 年 2 月 25 日）

让“感动中国”化为“行动中国”

2月18日，《感动中国》如约而至。钟扬、杜富国、王继才王仕花夫妇、程开甲等11人获颁“感动中国2018年度人物”。

这是一群以血肉之躯书写不朽伟业的人。超越海拔6 000米，跋涉高原16年，复旦大学生命科学学院钟扬教授率领团队在青藏高原采集了数千万颗植物种子，弥补了国家种质库的空白；面对爆炸的地雷，杜富国对战友喊出“你退后，让我来”，英勇负伤，用实际行动书写了新时代革命军人的使命担当；退伍军人吕保民见义勇为，不惜身受重伤，制服持刀行凶的歹徒；退休老人马旭与丈夫毕生节俭清贫，将全部积蓄捐给贫困的家乡；“英雄机长”刘长健临危不乱，在万米高空挽救了119名乘客的生命；王继才、王仕花夫妇，守护海岛32年；张玉滚支教17年，用窄窄的扁担挑起山村孩子的未来……

这些平凡又伟大的普通人，无愧于殊荣。他们用善意、勇敢、毅力、使命，升华了自身，也标注了新时代的价值坐标，又汇聚成温情的海洋，让人动容，催人奋进。他们是我们这个时代里，从国家到个体都引以为傲的精神丰碑。

从他们身上，有人读出了文明的传承。一个文明的民族，不仅要有经济的进步发展，也要有精神的高度和厚度，我们要做的不只是给文明以岁月，还要还岁月以文明。如此，便离不开对一个个心动瞬间的记录，对生活中温暖与感动的铭记与传承，在漫长的历史中始终回应着时代的价值渴求与信念坚守。学会铭记才有文明，有文明才有希望，精神的力量翻滚升腾，环抱着每个人的一举一动，便会传递着心灵的方向感与归属感。

从他们身上，有人读出了感动的力量。“感动中国 2018 年度人物”里，有“90 后”，也有耄耋老人；有卖鸡蛋的大爷，也有两院院士。他们生逢不同的年代，守护着不同的岗位，坚守着不同的初心，却在“奉献”的精神世界中相遇，共同向我们传递着“利他”的价值观。他们拒绝诱惑，甘守清贫，付出了青春乃至宝贵的生命。这种力量，怎能不让人泪流满面？

《感动中国》是一个窗口。十七年来，上百位年度人物用伟岸的身姿，奠定了精神丰碑最坚实的底座。更多的人则从感动中汲取力量，用精神之光点亮自己前行的路。公交车上让座的年轻人，为清洁工免费提供热水的热心店长，春晚小品中那个春节不回家，在车站为大家排忧解难的铁路警察……他们也许永远登不上“感动中国”的舞台，却在“行动中国”的大舞台上，用热心，用担当，用奉献，温暖了每一个平凡的瞬间。

一朵朵浪花汇成了时代的巨浪。获奖者终究有限，但精神的奖杯在所有观众手中传递。14 亿中国人，人人心里都燃着一团烈火，这团烈火越烧越旺，化作无穷无尽的力量，这是咱们的靠山，这是咱们永远幸福的保证！

（澎湃新闻《马上评》栏目，2019 年 2 月 19 日）

荣登“男主演”票房榜首，时代和匠心成就了“百亿元”吴京

2月12日，猫眼电影官方微博发布新闻“吴京主演的电影累计票房喜破百亿元，领衔中国影人正式进入百亿元新时代”，并公布了中国电影人票房榜的排行情况。吴京凭借着100.18亿元票房高居榜首，邓超、沈腾、王宝强、黄渤紧随其后。

“贺岁档”电影热映，谁将成为中国首个“破百亿元票房明星”，也引发了广泛的关注与猜测。此前，中国电影网最先发声，随着《疯狂的外星人》票房增长，黄渤成为中国首位“破百亿元票房明星”。这与猫眼的榜单并不矛盾，因为，在猫眼的计算过程中，默认只计算三番内影片，即以戏份前三的主演身份参演的作品，而中国电影网则是将三番外作品也囊括在内。目前来看，猫眼的榜单得到更多网友的认可，甚至有网友打趣道，“三番外也算上的话，横店哪个群演没参加过上百亿元的项目啊”。所以，确切来说，吴京是中国首位“三番内破百亿元票房男主演”。

百亿元时代到来，标志着中国电影事业迈上了新的台阶，榜单上体现出的你追我赶、百花齐放的态势，更是文艺事业蒸蒸日上，人民精神生活日趋丰富多彩的重要缩影。为大家津津乐道的

作品越来越多地出现在大屏幕上。

吴京能在其中脱颖而出绝非偶然。他的拼命和认真，在娱乐圈是出了名的。在《战狼》拍摄前，为了演好特种兵“冷锋”，已经步入中年的吴京去特种部队训练了18个月，不仅训练刻苦，还打破了多个项目的成绩纪录；为了让《战狼Ⅱ》开头海中搏斗的镜头更加完美，他背着铅块潜水26次，累到虚脱。遍体鳞伤的他，好多次与死神擦肩而过。所以，榜单一出，不少网友纷纷点赞，表示“苦心人天不负”。

在一贫如洗的时候，吴京几乎倾家荡产，投拍《战狼》；为扶持中国科幻电影事业，他在《流浪地球》中也投资了6 000万元，他说：“即使拍烂了，也比没人拍强。其实我们已经成功了，因为有7 000人参与了这部电影的制作，这7 000人就是中国科幻电影的种子。”

每一段匠心营造的成就，都是历史给浮躁的时代上的一课。在急功近利的快餐经济时代，更多的人倾向于风险较小的平稳收益。激励着吴京敢于冒险，敢于开拓的，是他追梦的气魄与家国的担当。如今，这种工匠的情怀与精神，在文艺创作中更显得弥足珍贵。

春节是时间的门槛，今年的“贺岁档”，也走到了电影新时代的门槛，中国电影的领军者，需要的已经不仅是一部热热闹闹的励志喜剧来烘托正月的红火与喜庆，也需要能够走出去、喊出来，创造代表中国、走向世界的所谓“大片”。参照好莱坞电影的发展规律，符合这一潮流的，大多是战争巨作、科幻巨作、魔幻巨作等。

在这个时候，吴京带着《流浪地球》横空出世，票房大卖。网上还流行了一个段子：“你要去看女神谈恋爱和男神逗乐，还是陪我重启行星发动机?”《流浪地球》开启了中国电影的新时代，时代的大潮也推动着它的票房水涨船高。

中国的电影，需要保持自己的文化特色与独特魅力，也离不开积极革新，融入世界领军大潮。在这样一个时间的门槛上，吴京用自己的匠心与情怀给我们上了一课。在时代东风的沐浴下，中国电影的大花坛正百花齐放，姹紫嫣红，希望这份匠心能够化作一粒粒种子，让更多优秀的作品在泥土中生根、发芽。

（澎湃新闻《马上评》栏目，2019 年 2 月 14 日）

亚洲杯止步八强，中国男足的成长少不了喜忧参半

0∶3，冰冷的比分如一把巨铲，在进军四强的路上挖出一道深沟，无情地将中国男足拒之门外。

五战三胜两负，小胜吉尔吉斯斯坦、大胜菲律宾，惊险逆转泰国挺进八强一役，是中国男足15年来在世界大赛的赛场上取得的第一场淘汰赛胜利。然而，面对韩国与伊朗的两场败仗，无论是比分还是局面，都把国足与亚洲一流强队之间的差距暴露无遗。

自2016年上任以来，里皮为中国男足带来的进步显而易见，日积月累的进步也在他执掌国足帅印的最后一站中，凝结成多次振奋人心的惊喜。

本届亚洲杯，国足将士们战术素养的提升，让人眼前一亮。首战面对吉尔吉斯斯坦，由于对手实力较弱，里皮在上半场实验了意式足球经典的三中卫战术，虽然有些“水土不服”，但无疑是最能提升国足实力档次的模式，也为未来的战术升级提供了弹性。中菲之战，郑智和吴曦不断变换位置，演绎了一场三十六计；郜林玩命的反抢与堵截，更是为武磊拉开了空间，提供了无

限开火权；井井有条的中前场进攻，是这场大胜的重要法宝。八分之一决赛，“高侠”肖智临危受命，充分发挥空中优势，成了这场逆转好戏的分水岭。

很多国足球迷说，这一年多来，中国男足心气更高了，精气神更足了。这方面，有一个数据特别能说明问题：在佩兰和高洪波时代，国足已经两年没有体会到逆转取胜的滋味，里皮上任后，国足三次在落后条件下实现逆转，本届亚洲杯面对吉尔吉斯斯坦和泰国的两次逆袭，更是队员在逆境下，饱满的自信心与昂扬斗志的重要表现。

国足在进步，只是前进之旅荆棘密布。

理想很圆润，现实很尖锐，甚至有点扎心。这么多年过去了，国足还是摘不掉“糙哥”的帽子。以里皮想要嫁接的三中卫体系为例，意识不对、执行不对、传球不准、控球不稳……拖拉机哪怕上了轻轨，还是拖拉机，逼得老爷子不得不在下半场换回“四四如意”的传统后防。

面对泰国，中国队在整个上半场失去了节奏，也打不出像样的配合，失误连连，三线脱节，多亏了下半场的两粒进球，才幸运地全身而退。面对韩国和伊朗的两场败仗，更是将中国男足技术不够细腻的最后一块遮羞布狠狠撕下，一球未进，净负五球的比分成了国足边路和禁区内把握机会能力差、中场习惯性脱节、后防孱弱的直观体现。

说这届国足是留级生，实在不为过。平均年龄29.3岁，高居24支球队之首，14名30岁以上球员占了队伍的半壁江山，队长郑智更是38岁还在苦苦支撑着国足的中后场，尽管刘洋、金敬道等新人的表现可圈可点，在这个亚洲传统弱队普遍以青训结出的果实冲击传统诸强的时代，还在吃“85爆款一代”老本的中国男足，显然急需实现新老交替，才能避免“蜀中无大将，廖化作先锋”的悲剧。

中国男足还有很长的路要走。

当被问到中国足球的症结时，里皮坚定地回答，“最重要的问题来自青训的投入”。今年年初，足协已经出台了在众多一线城市推广青少年足球训练中心等一系列举措，但想要搞好青训，绝非这么简单。如何改革青训的内容和形式从而扩大其在青少年群体中的影响力，如何实现青训与职业联赛的有效衔接，如何建立可靠的选拔机制，如何在青训与职业队之间分配资金……一系列现实的问题还需要在摸索中寻找答案。

“四大帽”投入限制让中超的“金元时代”落下帷幕，跳下资本的浮云，脚踏实地地提升联赛质量与国际影响力，营造并传承浓郁的足球文化，实现比赛孕育文化，文化滋养比赛的“双向拥抱”，无疑是新时期中国足球改革与进步的重要方向与正确轨道。

本届亚洲杯，中国男足实现了进步、带来了希望，也暴露了问题、留下了进步的空间。逆水行舟，不进则退。亚洲乃至世界足球的整体水平正稳步提升，里皮即将卸任，郑智、冯潇霆、蒿俊闵等主力也进入了生涯末期，国足需要思考的命题还有很多，那个喜忧参半的过程，叫作成长。

（澎湃新闻《马上评》栏目，2019 年 1 月 25 日）

体坛这一年：谁的笑靥如花？谁的眼泪在飞？

今天是2018年的最后一天。

回首这一年的体育界，我们见证了崭新帷幕的开启。辽宁横扫广厦，加冕CBA新王，二十三年六次亚军见证着时代更迭，修成正果；道阻且长，行则将至，几代上海足球人的辛勤耕耘，在上港举杯的瞬间，翻滚升腾；姆巴佩、格列兹曼、博格巴、吉鲁……年轻的名字承担起了法国足球二十年未竟的心愿，西伯利亚的大地上，“高卢雄鸡”的啼鸣再度响彻全球；34岁的莫德里奇，打破“梅罗”对金球奖的十年垄断，十年如一日的勤勤恳恳，“克罗地亚魔笛”实至名归……

我们与一座座丰碑擦肩而过。时间总是太快，曾经熟悉的一切转瞬间就化为了不能承受的生命之轻。我们感伤，曾长发飘逸的潘帕斯秃鹫栖息在了圣安东尼奥的枝丫，“妖”隐江湖，刀锋入鞘；我们祈求时间走得慢一些，让“闪电侠”韦德的最后一舞没有休止符；我们害怕那辆叫作“诺维茨基”的德国战车停下来，金鸡独立的画面永远定格。

我们见证了太多的精彩与感动。43岁的文斯·卡特还在撕裂着每一寸天空；罗斯豪取 50 分，“风城玫瑰”又绽放，一声嘶吼，永远热泪盈眶。世界网坛上，36 岁的费德勒拿下个人第 20 个世界冠军，时隔五年重回世界第一的宝座，令无数球迷泪目。所以，别去感伤时间，多问问自己，新年已至，昔我是否还在？做好该做的事，也就标注好了时间的分量，你涂下的每一抹底色，都不会褪去。

这一年的中国体坛，告别与重生同行。丁彦雨航与周琦让中国人的身影又一次在 NBA 闪耀，然而在这个激烈的篮球王国，巨大的挑战还横亘在面前，梦想之花的绽放，尚需不断的努力和坚持。哈尔姆斯塔德世乒赛，中国男女队大获全胜；12 月，“不懂球的胖子”正式回归，出任中国乒协主席；而年终总决赛的滑铁卢和张本智和的横空出世，也让“梦之队”乃至全体国人再次认清了群狼环伺的局面，虎口拔牙绝非易事。体坛改革再出发，“四大帽”投入限制，U23 政策、U21 政策、外援政策，年末的总结大会为中国足球找到了症结，指明了方向，但绝非一劳永逸。

中国速度再次惊艳世界。“百米飞人”苏炳添两次追平 100 米亚洲纪录、三次刷新 60 米亚洲纪录，以 9 秒 92 的成绩打破赛会纪录，夺得雅加达亚运会冠军；徐嘉余在亚运会上狂揽五金，又在 11 月打破了短池 100 米仰泳的世界纪录，毫无争议地获得

2018 年国际泳联最佳突破奖；冰场上，一项保持了六年无人能够触及的世界纪录，被武大靖三次改写。平昌冬奥会，武大靖一天内两次刷新 500 米世界纪录最终夺冠，11 月又在世界杯盐湖城站继续展现中国速度。

体坛是他们的，精彩与感动却是全世界的。有人读出了坚守的可贵，我们不能阻挡时间的流逝，却可以坚守初心。有人懂得了奋斗的价值，奋斗是一扇“任意门”，连接着过往和当下，让拼搏的人在生命的旅途中同频共振。有人理解了时间的力量，时间的刻度上，清晰记录着每一个人的脚步，或坚定铿锵，或浅尝辄止。时间会在某一刻回报以同等的馈赠。

年轮又添新纹。当 2018 号列车完成使命顺利进站，2019 号列车又载着我们出站。就带着沉甸甸的记忆踏上新征程吧。期待这一年的体坛，继续书写精彩与传奇。

（澎湃新闻《有一说》栏目，2018 年 12 月 3 日）

点赞小叶子，
“四叶草”中靓丽的青春名片

首届中国国际进口博览会即将成功落幕。进博会期间，5 000余名志愿者在国家会展中心，演绎青春最好的模样。他们中的绝大多数是“95后”。

进博会主展馆被人们称为“四叶草”，进博会志愿者则有一个响亮鲜活的名字——小叶子。叶子代表奉献，也代表成长，他们活力四射、青春蓬勃、热情洋溢、专业严谨，他们用自信与阳光擦亮了“四叶草”中靓丽的青春名片。

在8.1馆志愿者之家，一张记载着每日步数前20名的“步行荣耀榜”天天更新，每天的上榜者，几乎都超过25 000步。进博会首日，上海外国语大学国际政治专业大二男生马金虎以56 126步夺冠。他的职责是协助青浦公安进行证件验证引导，以及巡查中央广场的各类安全隐患和标识脱落情况。哪里电线外露、吉祥物“进宝”手中的四叶草松动，诸如此类细枝末节的问题，都逃不过他的火眼金睛。

“您留意脚下地毯的颜色，就不会找错展馆了。”“您直接往前走，拐个弯就到。”……在3.1馆和4.1馆的几个主通道旁，上海大学中文系研二女生苏静如和她的70余名小伙伴，从上岗的那刻开始几乎一刻不停。原本只需原地不动的“指路岗”，一天下来就因为这一次次的“小跑几步”，竟然也达到了28 000多步。“我们多走几步，观众就能少一些麻烦。对我们来说可能回答了几十遍的问题，对观众来说只是第一次遇到。”

耐心的引导、仔细的检查、不停歇的脚步……闪亮的荧屏，跃动着微笑与汗水，每一名志愿者，都用匆匆步履书写着敬业与奉献的故事。他们在睡眼蒙眬时开始忙碌，在拥挤的人潮中往来穿梭，在微茫夜色的灯下继续紧锣密鼓地筹备。

从交通、餐饮、引导，到环境、安保、医疗，进博会让全世界感受到了“专业、便利、温馨”，而那烦琐细致工作的背后，是一个个为此默默付出的身影，是太多不辞辛苦的幕后英雄。现场瞬息万变，而他们不停歇地在每一个需要的地方坚守，脚下有泥，心中有光。用“团结、服务、牺牲”的精神，用训练有素的文明礼仪和气度规范，热情奉献，周到服务，让青春在志愿的服务中绽放，为上海添彩，为中国增光。

“我们都是，年轻的力量；志愿青春，书写新时代的华章；我们在上海，拥抱明大的太阳。”5 000多名志愿者，是5 000多双紧握在一起的手，用青春蓬勃的姿态，打开了一扇窗，让世界记住了一个集体的名字——小叶子。他们用奋发的昂扬，越过这扇窗，去拥抱世界和更广阔的远方。

世博会时，绝大部分志愿者只是承担引导性的任务；而进博会的志愿服务方式有了很大的变化，只有约三分之一的志愿者负责引导，更多的志愿者需要承担团组联络、新闻中心服务、导航测试等职责，对专业素养的要求大大提高，对于“小叶子”们来说，这次志愿活动也是磨砺专业素养、提高工作能力、锤炼优良作风的大好契机。

青年兴则国家兴。习近平总书记说：“广大青年要敢于有梦、勇于追梦、勤于圆梦。”小叶子，这张青春的名片上，一面是奉献，一面是未来。在向他们表示感谢与敬意的同时，我们相信，经历过进博会洗礼的“小叶子”们，必将更葱翠、更繁茂。

（澎湃新闻《马上评》栏目，2018 年 11 月 10 日）

上港是冠军：道阻且长，行则将至

立冬夜，上海体育场，细雨绵绵飘洒。“Glory Belongs to Shanghai”的横幅，静静守护着荣耀瞬间的倒计时。终场哨响，凭借艾哈迈多夫和武磊的破门，上海上港以2∶1的成绩战胜北京人和，提前一轮捧得中超桂冠。

久违的感动如闪电般击中数万观众。一股雄奇的力量在红色的海洋中翻滚、升腾，忘我的呐喊、恣意的欢跳、酣畅的泪水……沸腾的激情叩响了整座城市的心扉。顶级联赛的冠军，再度降临申城。时隔二十三年之后。

时间拨回到一年前。伴随着联赛、亚冠、足协杯“豪取三亚”的遗憾，舆论压力接踵而至，质疑与讽刺的声音不绝如缕。失利的痛楚，击碎了骄傲的幻想，也打磨了冠军的气质。球迷不离不弃，众将士心有不甘，不破楼兰终不还！成熟与蜕变，注脚了冠军之师的光辉征程。

“希望在去年基础上，多赢两场球。”相比于上赛季初的豪言壮语，俱乐部高层少了一份轻狂，多了一份踏实与沉稳。同时，球队高度重视赛风赛纪整治，把“避免发生故意重大犯规、打架斗殴、群体性事件”列入了赛季目标。我们欣喜地看到，在上赛季曾因“抢毛巾”“出黑拳”“出闷棍”而被各路媒体口诛笔伐的上港，在本赛季和场外风波基本绝缘，球员能够把更多的精力专注于每一场硬仗，因禁赛、驱逐等原因导致的非战斗减员事件的减少，也显著提升了阵容的竞争力与稳定性。风雨洗礼后的上港，如一位久经沙场的武士，于云淡风轻之中，一击致命。

上港的成熟，从主帅的战术风格中，亦可见一斑。

与其外露的性格相映衬，博阿斯时代的上港，进攻凶猛华丽但主要依赖单打独斗，缺少配合和稳定性，孱弱的后防线更成了球队的“阿喀琉斯之踵”。而沉稳内敛的佩雷拉十分重视防守，用“六后卫防守大法”将日本劲旅川崎前锋防得苦不堪言的一役，堪称经典；进攻端，佩雷拉更重视配合与串联，胡尔克、奥斯卡、武磊、王燊超人尽其才，大大丰富了球队的战术套路，势如破竹、摧城拔寨。

巧妇难为无米之炊，傲人的战绩离不开底蕴与积淀，令人垂涎的济济战将与雄厚的后备人才储备同样功不可没。

谈到人才储备，最应感谢的人，当属老帅徐根宝。作为上海足球的标志性人物，他在 2000 年举债建立崇明岛根宝训练基地，并提出“十年磨一剑，打造中国曼联”的决心，十年如一日，孜孜不倦，深耕中国足球青训的沃土。在这个夜晚，武磊、颜骏凌、蔡慧康、王燊超、吕文君，昔日的“崇明五虎上将”，用顶级的表现，致敬恩师。武磊更是以单赛季 27 粒进球，打破了尘封十年的中超本土球员进球纪录。雷文杰、陈彬彬等 U23 新锐的脱颖而出，也让我们有足够的理由对上港的未来充满期待。

历史，是现在和过去之间的问答交流。上港将自己的名字镌刻在中超荣誉簿上，终结了恒大连续七年对中超冠军的垄断，也为中国足球的发展留下了众多需要思考的命题：在急功近利的联赛环境下，如何保持球队稳定性和阵容延续性，打造球队底蕴，锻造球队气质；金元足球之风愈演愈烈，如何寻找引进与培养的最佳平衡点，推动良性互动；相较于提升球队战绩，如何让外教和外援更好地帮助国内球员进步，带动中国足球的整体发展；青训的土壤尚且贫瘠，后备人才短缺，U23 新政依旧不够完善，究竟怎样的机制才能撑起中国足球的未来，圆国人一个足球梦？

十年磨一剑，今朝终有成。上港的夺冠，开启了中国足球新纪元，这是经历过蛰伏与历练的厚积薄发，是几代上海足球人辛勤耕耘的岁物丰成，是申城球迷 23 年不离不弃的回报。我们更希望，乘着联赛蓬勃发展的东风，中国足球能够在发展的过程中不断摸索前行，带给球迷们更多美好的记忆。

（澎湃新闻《马上评》栏目，2018 年 11 月 8 日）

敲诈勒索年入千万，红了眼的自媒体该付出代价了

靠运营自媒体赚钱，已成为很多人的选择。不过，有些人却从中发现了另类“商机”。据《新民周刊》报道，一些自媒体人打着“曝光事实”“为粉丝维权”的旗号，干起了敲诈勒索房地产企业的勾当——他们如同网络黑社会，定期收“保护费”，还隔三岔五“组团”精准打击某家企业，肆无忌惮地榨取“媒体投放费”。有说法称有自媒体用此手段年收入上千万元。

正常的媒体报道，要呈现利益各方的声音，力求真实、客观、中立。而居心不良的自媒体，则往往选择性报道，倾向性很强，并依托互联网的快速传播，形成置人于危境的破坏性力量。对房企财务报表进行危言耸听的解读，滥用“高负债”等字眼，或者无中生有、信口开河把正常的人事变动说成“高层地震”等，都是屡试不爽的套路。

值得警惕的是，自媒体的队伍已经不再是一些小打小闹的乌合之众，而混入了正牌记者、业内人士、公关公司和第三方评价机构。这些对企业消息有深层次了解的群体一旦倒戈，与深谙传播规律的自媒体勾连，将使报道的杀伤力剧增。即便是不差钱的

房企，尤其是已上市或拟上市的民营房企，也因为这种敲诈勒索，苦不堪言。

房企为何不依法维权？其实答案很简单。一则，自媒体敲诈手法隐蔽，很少有白纸黑字的实物证据，而电话录音、面谈录音也都很难作为呈堂证供；二则，如果房企不接受自媒体开出的条件，让“黑稿”传播出去，很容易造成轰动性的负面效应。再申诉撤销文章，哪怕能证明其失实，也需要流程，早就过了黄金传播时间。如果一篇“黑稿”被多家自媒体发布，删稿程序更复杂，需要时间更长。更棘手的是，如果自媒体文章只是有一定的倾向性（如建议读者不要买这一楼盘），而不是纯粹的造谣诽谤，删稿就不可能了，但这样的文章对于涉事楼盘的破坏力是巨大的。

逐利的心永远在骚动，没有约束只会更有恃无恐。违法成本过低、维权成本过高，是自媒体敲诈勒索肆无忌惮、房企有苦难言的主因。要根治顽疾，微信等自媒体服务平台要健全更畅通的申诉渠道，简化申诉程序。必要时，对传播速度与反响明显不合常规的自媒体文章，可以考虑采取限制流量等措施，斩断不实言论的传播路径。更重要的是，要完善相关法律法规，加大对不实言论和敲诈勒索相关方的惩处力度。既要扎紧制度的篱笆，让不实言论无法外传，又要高悬法律之剑，让无良自媒体畏法而退。

房子在国人的意识和生活里都占据重要位置，房地产信息的每一点风吹草动，都很容易引爆舆论。正所谓“众口铄金，积毁销骨”，自媒体敲诈勒索房企屡屡得逞的另一原因，也正是抓住了受众的这种心理。换句话说，它绑架了公众的眼球，将其敏感的心理转变为自身变现的手段。因此，面对泥沙俱下的房产信息，每一名读者也应多一份审慎，让流言止于智者，避免自身沦为自媒体敛财的工具。整治自媒体乱象，不是一道题，而是一套综合试卷，只有多方协作、多管齐下，才能真正肃清网络环境。

（澎湃新闻《马上评》栏目，2018 年 10 月 23 日）

贫穷是否值得感谢？
抠字眼不要抠疼了良知

“当我们从一开始便遇到阻碍与坎坷，当命运看似在刁难自己，不要怀疑它，不要害怕。”上文出自近来火爆朋友圈的《感谢贫穷》，作者王心仪出身贫寒，却通过自己的努力，在刚刚结束的高考中以707分的高分被北大中文系录取。

正所谓仁者见仁，智者见智。无数人为之鼓舞振奋之时，反面声音也随之产生。“贫穷值得感谢，还脱贫致富干吗？”“难道因为意外手臂截肢却用脚练成了书法家就要感谢自己断胳膊？”如此理论，乍一看也不能说毫无道理。但是，盲目抠字眼的“抬杠”思维绝对不可取，汉语言文化博大精深，很多字眼那么一抠，味道变的可不是一星半点儿。

读过文章的朋友们都知道，贫穷给这个孩子带来了无数苦难与折磨，“感谢贫穷”更多是一种艺术的表达方式，我们真正应该学习的是她“忽略那些不完美，并尽力地拥抱自己所看到的美好与阳光”的乐观与知足，是“从卑微之处汲取生命的养分”的积极向上的态度，是“坚信教育与知识的力量”的坚定信仰。她感谢的，是自己没有在贫穷中堕落，是父母在昏暗生活中，播撒的一缕缕阳光。

贫穷不值得感谢。但是，数千年前孟子便有言：“天将降大任于斯人也，必先苦其心志，劳其筋骨，饿其体肤，空乏其身，行拂乱其所为，所以动心忍性，增益其所不能。”毫无疑问，孟子颂扬的是于逆境中厚积薄发的拼搏，那么根据某些反面评价的逻辑，孟子难道是让左丘感谢自己失明，让孙膑感谢自己断腿？

不经一番寒彻骨，哪来梅花扑鼻香？成功之路，必然少不了挫折与艰苦。就拿高考为例，无论富家子弟，还是寒门学子，想要金榜题名都必然少不了一番披星戴月、奋笔疾书的昏天黑地的日子。王心仪只有一个，但是她身上的品质，值得每一个人学习。她在感谢贫穷，而我们更应该感谢王心仪。一味地在《感谢贫穷》这个题目上抠字眼然后大做文章，未免有些冷漠，也是对公众的错误引导。

对《感谢贫穷》的批判，很大程度上正是反鸡汤思维的过度延伸。但是，《感谢贫穷》不是一篇没有营养的无脑鸡汤，而是真真正正营养丰富的精神食粮。更重要的，它反映了大环境下亟待解决的两个社会问题：贫富差距与教育资源分配不均。关注这些，才是我们对这篇文章该有的态度，反鸡汤可以，但是千万不要因噎废食。

文及于此，竟不知该如何结尾了，那就引用原文吧，“是的，何必纠结于俗人的评论，那不过是基于你的外表与穿着，若他无法看到你内心的自我，不睬他也罢。人生的路毕竟不是走给别人看的”。

（浙江日报“弄潮号”微信公众号，2018年8月3日）

世界杯，别让全民狂欢变成“全民竞彩”

伴随着高卢雄鸡梦回 1998，俄罗斯世界杯落下大幕。在这个媒体高度发酵与裂变的年代，乘着娱乐的东风，本届世界杯真真切切地演绎了一场全民体育狂欢，以世界杯为中心的“话题旋涡”不断扩散。相较于比赛本身，购买体育彩票等竞彩行为大有喧宾夺主之势。不少人问过我：“今天晚上的比赛怎么买?”我的回答通常比较直接：“不买。”

确实有人通过购买体彩获得收益，但有人赚钱，就有人赔钱。对大多数，甚至几乎所有彩迷朋友来说，“乱哄哄你方唱罢我登场”，“到头来都是为他人作嫁衣裳”。做一个简单的推导，实力悬殊的比赛，强队获胜的倍率一般比较低，买后收益不会太大，一旦出现冷门，赔进去的便是整个本金。那些实力接近、胜负难料的比赛，也许收益更大，但风险同样不容小觑。通过买彩票发家致富的难度，不言而喻。

抛开风险与收益，仅从体育角度上说，成功猜中比赛结果绝非易事。本届世界杯冷门迭起，传统豪强的接连折戟，让“天台见”成为不少彩友之间打招呼的口头禅。其实，看似意外的冷门，其背后都蕴藏着难以抗拒的必然性。正所谓世界杯无弱旅，随着世界足球水平的整体进步，传统豪强的优势被步步蚕食，比赛的难以预测性大大增加。另一方面，足坛不是水浒一百单八将般固定的位次，以阿根廷为例，其严重老化的阵容、缺乏变化的进攻节奏、状态低迷的中场和孱弱的后防线危机四伏。回过头来看看防守强硬的“维京海盗”和坐拥莫德里奇、曼朱基奇的克罗地亚，阿根廷这一平一负也是情理之中。本届世界杯恰逢阿根廷、德国、巴西等队都处于青黄不接的尴尬境地，着实坑了一大批没有经过深思熟虑，仅凭着刻板印象买球的朋友们。

我有一个朋友是内马尔的球迷，由于买了巴西平瑞士，既希望自己喜欢的球星能带队取胜，又担心买彩票的钱付诸东流，结果焦虑与纠结完全冲淡了观赛的乐趣。世界杯是一场盛宴，澎湃的激情在狂热的夜晚叩击着每一个热爱足球的心灵。当你看比赛时，为自己的赌注提心吊胆，而不是全身心地领略足球的精神与魅力，只怕背离了自己爱足球的初心，也背离了足球的本真。

当然，如果以娱乐的心态看待竞彩，将其当成看球时的佐料，未尝不是一种享受世界杯的方法，但切忌因为竞彩，影响了自己的观赛体验，也侵蚀了自己对足球纯粹的热爱。世界杯也许是这个时代最激烈、最宽广的体育赛事，见证着“英雄”出场、“众神”谢幕，也标注了时代更迭、岁月流逝。当此时，莫让全民狂欢，变成“全民竞彩”。

（浙江日报“弄潮号”微信公众号，2018 年 7 月 21 日）

心有文学，细嗅芬芳

“文学素养是什么?”这是一年前一个学妹问过我的问题。也许，文学素养就是“腹有诗书气自华”。

最近，中青报社会调查中心发布数据，在一个面向大学生群体的问卷调查中，认为大学是提升文学素养关键时期的受访者比例高达84.3%。我们欣喜地看到，随着近年来国家对全民阅读的推行以及对优秀文化的大力弘扬，大学生群体对文学素养的重视程度明显提升。但是，在可喜的数据背后，能真正去提升自己文学素养的人会有多少呢?毕竟，提升文学素养，不能只是说说而已。

高等教育日益普及，就业压力越来越大，在这样的社会背景下，不少大学生的功利心也越来越强：或是潜心专业课学习，刷一个高绩点，为保研、出国做准备；或是忙碌于各种社会活动、求职实习，为简历增光添彩。愿意捧着一颗虔诚之心翻开书卷的“非功利阅读者”越来越少，其实，文学素养的提升，从来都不是一件无用之事。

曾看过一个段子，如何把“陌上人如玉，公子世无双”和“玲珑骰子安红豆，入骨相思知不知”翻译成现代汉语，答案竟然是“欧巴，人家可想你了啦”。当即，我拿出了书柜中的《唐诗宋词选读》，因为害怕不会写情书，将来可能找不到女朋友。记得高考前，焦虑的我无意间翻开了那本《雪国》，“穿过漫长的隧道，就是雪的国度”，使我获得了久违的宁静。

更重要的，文学是对人格的涵养，是对思想的升华，大学生正处于人格发育与价值观形成的重要阶段，提高文学修养，尤为重要。“当他回首往事的时候，能够不为虚度年华而悔恨，不因碌碌无为而羞愧”，激励了几代大学生在激情燃烧的岁月中为理想奋斗；那水深土厚的仁义白鹿村，黄土的塬峁镌刻着战争的伤痕，时代的变迁引发了人性与民风千年未有之巨变，其丰富的内涵，发人深省。文学来源于生活，又高于生活，作者用自己独特的笔触，展现对社会与人性的思考。认真研读，无疑会对大学生的成长与发展起到至关重要的作用。复旦大学中文系骆玉明教授表示，即使是理工科学生，也应该提升自己的文学素养，“我所接触的理工科人士，人文素养好的，思维就比较活跃、有趣味，而人文素养较欠缺的，生活趣味、见识也会差一些，思维容易被限制在自己的学科范围内”。

很多大学生说，不是不知道阅读的好处，只是实在抽不出时间来。对此，相关专家做过统计：一个大学生一个月看微博、看朋友圈的阅读量大约是 30 万字。这是什么概念呢？老子的《道德经》，5 000 字；卡夫卡的《变形记》，3 万字；《资本论》前三卷，共计 23 万字。根据大学生的平均阅读速度，每天拿出玩一局王者荣耀的时间来读书，一个月就可以读完《百年孤独》，说到这儿，你真的觉得自己不读书是因为没有时间吗？

也有不少大学生，不愿意静下心来读书，只是上网搜一下梗概就美其名曰自己读过了这本书，这是浮躁情绪与急功近利之心作祟的结果，不仅无益于提升文学素养，反而容易闹出把《安娜·卡列尼娜》当成一部讽刺少妇堕落出轨的言情小说的笑话，一部优秀文学作品的深度与广度远远不是一个故事梗概就能概况的。

在这个功利与浮躁肆意蔓延的年代，慢一点，静一点，定一点，放下手机，给自己的心一点时间。让灵魂氤氲着文学的香气，心有文学，细嗅芬芳。

（浙江日报“弄潮号”微信公众号，2018 年 5 月 19 日）

运动员从政，
人生的下半场要继续奋斗

5 月 5 日，共青团上海市第十五次代表大会宣布，奥运冠军、前中国国家跳水队成员吴敏霞当选上海团市委兼职副书记。消息一出，好评四起，“吴敏霞当官我们放心”，网友们诚挚的留言，让我们感受到了超越体育竞技本身的情怀与温暖。

退役后从政的运动员不在少数，与吴敏霞类似，前举重世界冠军石智勇、前中国女排队长魏秋月同样在共青团委系统任职；国家体育总局前局长袁伟民、国家体育总局副局长蔡振华、中国篮协主席姚明也都是优秀运动员出身；王义夫、邓亚萍、杨扬等均有在国际体育组织任职的经历。在祝福他们的同时，我们更希望看到，在退役后走上从政道路的运动员们，能够真正地在自己的岗位上充分发挥自己的光和热。

吴敏霞等人任职的共青团委，是中国共青团的组织之一，被称为“广大青年在实践中学习中国特色社会主义和共产主义的学校”，承担着培养优秀青年人，为其塑造良好精神品质的重要责任。运动员由于身份的特殊性，一言一行都容易对青年人产生重要影响，据调查，有超过一半的中学生愿意把运动员作为自己的

榜样与学习对象。因此，如何践行自己的岗位职责，用自己的经历与精神去激发中国青年奋发向上的昂扬斗志，是这些虽然离开了运动场但依旧肩负重任的“国家英雄”们应该思考的问题。如吴敏霞所说，“我们无法决定年轻人们把谁当成榜样，但我们可以决定让自己成为什么样的榜样，并努力地去激励更多人”。

毛主席说过，“欲文明其精神，先自野蛮其体魄”，体育的意义不言而喻。少年强则国强，走上仕途的运动员，更应该发挥专业知识特长，为青少年的体育培养贡献力量。在这方面，前乒乓球世界冠军、中国乒协主席蔡振华就十分重视，不仅大力推行“乒乓进校园”等众多实用、可行的政策，还常常深入基层，亲自指导小球员们打球。魏秋月、邓亚萍等人也均在任职后为青少年体育培养作了不少贡献，为孩子们的梦想大厦添砖加瓦；在职业体育方面，由退役运动员任职也常常收到很好的效果，例如姚明在担任中国篮协主席后，在CBA联赛中引入的“最后两分钟裁判报告”“裁判升降级”制度，在国家队实行的“红蓝双队”政策，均有利于中国篮球的发展。对于在退役后选择从政的运动员来说，继续为中国体育的人才辈出，进而健康、可持续发展贡献力量，任重道远。

两会期间，在国际奥委会任职的李玲蔚接受了记者专访，这位前羽毛球冠军表示：“在国际奥委会任职比当年打球困难得多，比赛很痛快，但任职是没有硝烟的战场。在国际组织任职的人数和任职工作的好坏同中国体育在国际上的话语权息息相关，并极有可能影响到中国运动员在世界大赛中的成绩。”平昌冬奥会短道速滑比赛中对中国队不利的争议判罚频出，很大程度上就是因为我们在组委会里的话语权不够，仅杨扬一人显然势单力薄。因而，对于在国际体育组织任职的退役运动员来说，在这片看似风平浪静，实则暗流汹涌的战场上捍卫国家荣誉，为中国体育的发展争取一个有利的国际环境，并不是一件容易的事情。

走上仕途，开启了运动员人生的“下半场”。他们的上半场足够辉煌，下半场依旧道阻且长，退役从政，不应该只是挂职而已。我们祝福这些为国征战的英雄们在退役后有一个幸福的人生，也希望他们能在人生的下半场继续奋斗，发挥自己的光和热，为国家作出更多的贡献，让体育的圣火绵延不绝。

（浙江日报“弄潮号”微信公众号，2018 年 5 月 8 日）

中超球童，他们该有一份纯真的足球梦

新赛季中超联赛已战罢六轮，频频抢戏的“小球童”引起了我的思考。

足球球童大多是些5—8岁的孩子，他们的职责主要是在比赛中将被踢出界外的足球快速捡回，保证比赛的流畅。然而今年的中超联赛，有几位小朋友的表现好像不太让人满意：第二轮比赛中，建业队的球童故意拖延时间，久久不愿把球交给权健队的赵红略，导致后者情绪激动，出言不逊，并因此吃到一张黄牌；在刚刚结束的第六轮比赛中，鲁能队球童有两次故意不捡球，导致客队球员卡拉斯科和盖坦只能亲自前往界外捡球……

由于足球运动自身的特点，球员大力踢出的足球通常会飞到界外几十米甚至更远的地方。让筋疲力尽的运动员频频亲自出去捡球，不仅是对体能的消耗，也会让比赛的流畅性和观赏性大打折扣。站在主队立场，赢球的欲望完全能够被理解，而小孩子又恰恰是最不会掩饰自己情感的，因此他们的行为也可以被谅解，但这不意味着足协和社会可以对类似现象放任不管。

孩子，总让人感觉天真无邪。国际足联规定的比赛开始前球员必须与球童牵手入场，正是为了传递“纯净”“友好”的比赛理念和“友谊第一”的竞赛主旨。“小球童”频频抢戏，无疑是对这种初衷的违背。足球不像篮球，没有停表的说法，即使球出界，比赛时间也继续流逝。如果领先一方的球童，故意拖延时间，无疑会对落后一方造成严重不利，落后方内心焦躁，酿成恶性事件也有可能，前文提到的赵红略便是前车之鉴；不给客队捡球以消耗对方体力的现象，也同样有悖公平。总有一种精神值得称道，球场不只有胜负，足球真正打动人的，是在公平公正的环境下双方运动员为了共同的目标奋力拼搏的精神，以及虽免不了磕磕碰碰但仍惺惺相惜的体育情怀。

国际奥委会一位官员曾经说过，体育最重要的意义在于对孩子的教育。5—8 岁是小朋友人格发展的重要阶段，这些“小球童”的心灵就像白纸，保留着对足球最纯粹的热爱。“童行无忌”，孩子们希望自己的主队赢球没有问题，但是他们应该明白，怎样才是真正的胜利，当无法取得胜利时，应该做的不是钻空子、找捷径，而是学会有尊严的输。这些，才是他们应该从足球中学到的东西。

还有一个很现实的问题，伴随着国内俱乐部近年来在国际比赛中的优异表现，以及众多大牌球星的加盟，中超联赛的开放性与世界性达到了前所未有的高度，已经成为中国体育的一张名片。在这样的背景下，“小球童”的行为在一定程度上代表了中国孩子的形象，加强球童团体的职业性，也是维护国家形象的重要举措。

作为一种理性的高级竞争，公平正义不仅是足球的外在要求，更是其应有的内在属性。在求胜的路上运用违反公平公正精神的手段走捷径，未免是对竞技体育道德性的某种蒙蔽。引以为戒，加强对“小球童”的引导，帮他们树立正确的价值观，呵护这些孩子们在天真无邪的年纪拥有最纯真的足球梦，如此，才是体育的意义。

（浙江日报“弄潮号”微信公众号，2018年4月17日）

真正的头号玩家不能为科技所役

斯皮尔伯格执导的《头号玩家》掀起了一股观影热潮。然而真正打动我的，并不是光怪陆离的特效下，少年英雄拯救世界的血脉偾张。而是哈利迪最后的那句台词："谢谢你玩我的游戏。"当"绿洲"异化了整个现实世界，只有他还记得自己作为一个游戏设计师的那份初心。

哈利迪实在是一个纯粹的游戏设计师，他设计"绿洲"的最初目的，只是想帮助人们在游戏中获得快乐。在他去世后，"绿洲"成了一个黑洞，将人们紧紧束缚在虚拟世界中，现实几近崩溃。经历了异化危机后，"绿洲"的公民们找回了自己的初心：纯粹的热爱，以及虚拟与现实之间的平衡。而生活在真实中的我们，是否正在被异化的泥沼中愈陷愈深？

异化是人的生产及其产品反过来统治人的一种社会现象。王者荣耀风靡全国，每个玩家不妨问问自己，自己是否还秉持着最初纯粹的热爱？只怕有不少人，如今只是为了玩游戏而玩游戏吧。当你为了获得新的装备、为了提升自己的段位而荒废了现实生活，因为游戏中的胜负而心心念念、背上了思想包袱，或者为了买装备而将血汗钱大把地充到游戏里的时候，究竟初心何在？

若初心不在，游戏的意义何在？当游戏由“生活的调味品”变成了“精神鸦片”，颁布限时令，也实属无奈之举。

再如近年来饱受诟病的“低头族”。当年，一则老人因为子孙都在低头玩手机而冷落自己，晚饭时怒掀桌子的新闻，让我沉思了许久。手机、微信、朋友圈，本是我们的工具，是科技进步带给我们的福祉。现如今，究竟科技是人的工具，还是人成了科技的奴隶？因为沉迷手机，无数孩子视力下降，正在向年轻一代进军的颈椎病也来势汹汹；我们沉迷于网络的虚拟空间，公共场所中亲切的交流早已被整齐划一的低头取代；见面嘘寒问暖、逢友设宴，还有几个人能做到？甚至在难得的家庭聚会中，晚辈们也因为低头玩手机而冷落了老人……我们被科技异化，那么，如此的发展究竟是进步，还是退步？我们真应该反思一下，自己第一次享受这些科技带给自己的便利时是为了什么，自己的初心到底在哪里？

写到这里，我仿佛忽然明白了，电影中的玩家们在赛车道上风驰电掣，争先恐后地争夺第一把钥匙时，为什么选择了倒车的帕西卡尔却第一个冲过终点。这大概就是对无休止地追求速度与发展的反思吧。社会前进的历程不是一维的，盲目追求科技与经济的发展，不能带来真正的进步。我们需要“人化的科技”：将科技人性化、人文化、人道化，把科技建立在人的基础上，使科技复归于人的生活世界，真正成为人的科技。想要实现这些，必然离不开初心的回归。在科技发展的路上，在享受着科技便利的人生途中，常常想一想自己究竟为什么要出发，如此，才能拒绝科技的异化，成为现实中真正的“头号玩家”。

（浙江日报“弄潮号”微信公众号，2018 年 4 月 13 日）

你陪我长大，我陪你上网

爱写诗的“馒头奶奶”李文荣火了，72 岁的她，用朴实的文字，记录着生活的苦乐，冒着热气的小铺，也仿佛氤氲起了诗歌的浪漫。当内心柔软的角落为之触动，更打动我的，是她在互联网时代，那份紧追时代的年轻的心。

她开通了支付宝，把收钱码贴在了卖馒头的三轮车上，方便了顾客，自己也不用费劲点钱、找钱；她学会了拼音打字，在电脑上就可以写诗；她还申请了自己的 QQ 账号，起名“童心永驻”，开通 QQ 空间后，她的作品被更多人看到……

历经风霜洗礼、岁月变迁，老人们用一生的操劳奉献出自己最好的年华。然而，在这个“网络”被很多人当成年轻人专属领地的当下，他们仿佛与时代格格不入。据统计，我国90%以上的老人处于与网络几乎“绝缘”的状态。其实，网络世界，从没有对老年人禁行，那片属于他们的栖居地，正虚位以待。正如李奶奶说：“有人说我们这一代人是穷底、穷根、穷苗，刚要发芽又老了，跟不上时代了。我却始终不觉得自己老，我得跟上新时代，好好享享福。”

网络世界看似纷繁复杂，其实有很多非常简单的功能，可以给老人们带来极大便利，李文荣奶奶便是网络时代的受益者。此外，微信视频聊天、语音聊天可以大大减轻老人们对远方孩子的思念，还可以跟其他亲戚、朋友保持联系，浏览朋友圈可以让他们随时掌握孩子们的动态，与孩子们一同分享喜怒哀乐；新闻网站可以让他们足不出户便了解自己想知道的资讯，丰富晚年生活；若一个热爱下棋的老人整天因无聊而郁郁寡欢，简单的小游戏就可以让他与世界各地的棋友对弈……还有一个温暖的故事，有一位同学因为打篮球骨折，虽然守口如瓶却依旧被千里之外的奶奶发现破绽，原因竟是奶奶发现自己孙子的“微信运动”连续多天没有突破100步。网络可以给老年人带来的便利，实在不胜枚举。老年人上网，不仅是赶时髦，更是顺应时代发展的潮流，是提高生活水平的客观要求。

这一代的老人们，经历了中国从落后走向强盛，见证了生活从贫困走向小康，他们吃苦太多，付出亦太多，不应该因为年龄的增长和科技的进步而被网络时代抛弃。如何在网络时代，让老年人有更大的获得感与存在感，如何让网络更好地造福 2.4 亿老年人，是社会各界都应关心并为之努力的问题。我们高兴地看到，社会上正通过老年大学、社区服务等方式，帮助老人们踏上互联网的快车；在电台听书、健康服务、安全定位等与老年人生活息息相关的领域，也有不少针对老年人的 APP 已应运而生。我们也希望类似的机制能够更加完善，让所有老年人都成为网络时代的受益者。

诚然，因为年龄、文化等问题，老年人想要学会使用网络并不是一件很容易的事情。很多老人不是不想接触网络，而是因为自己力不能及又不想麻烦子女教自己，便打了退堂鼓。这时候，我希望年轻人们能够怀着一颗感恩的心，耐心地牵着自己的爸爸妈妈甚至爷爷奶奶的手，带他们走进广阔的网络世界，就像当初，他们牵着你的手，带你走出人生的第一步。

网络世界，不会对老年人禁行。希望有更多的老人，能够像李文荣奶奶那样，在网络世界里，诗意地栖居。

（浙江日报潮赛评论，2018 年 5 月 1 日）

湖南红网红辣椒评论

个人信息被“挂售”，隐私岂容明码标价？

信息化纵深发展，巨细靡遗的大数据几乎装点了现代生活的每一个角落，而奔涌的信息流一旦决堤，势必殃及广大网民。据新华社11月2日报道，今年以来，多家机构的用户数据库发生信息泄露，包括网购信息、学籍信息、从业经历甚至开房记录等众多高度敏感信息在“暗网”上明码挂售。在享受数据库带来的便利的同时，我们更应该反思，如何筑牢隐私保护的堤坝，不让自己成为信息洪流的受灾者。

“暗网”，就是将传输的数据进行加密，并且在数据传输过程中，利用其他节点进行多次随机转发，从而实现信息发布者身份信息的隐藏或保密。那些想通过“暗网”来保护公民言论自由的原始设计者们一定没想到，他们的成果如今竟成为不法分子进行个人信息等非法交易的场所。相较于“暗网”是什么，地下黑产究竟如何获得用户信息，显然更值得深思。

从个人角度而言，防范意识薄弱的缺口正在互联网的显微镜下被无限放大，为不法分子提供了可乘之机。很多对网络安全知之甚少的老人会在纷繁复杂的蛊惑下被套出隐私；免费酒店试睡、转发抽锦鲤、性格测试等“钓鱼活动”，可谓是为缺乏判断力的年轻用户量身打造，使其欢天喜地地把自画像交给大数据技术进行解读和重构，震惊世界的“脸书”泄密事件，正是一款第三方性格测试应用软件导致的。此外，酒店、航空、教育培训等传统行业由于数据真实度高、安全防范能力低，亦成为信息泄露的重灾区。

互联网早已成为现代公共生活一个庞大的子集，个人信息保护也不能纯粹指望约定俗成的自律，具体而微的制度与完整的配套设施建设呼之欲出。

在诸多数据库信息泄露事件中，泄露数据准确率较高、所涉数据库种类繁多，展现了黑客极强的挖掘能力。对此，国外的研究人员研究了差分隐私技术，可以既保护个体隐私，又允许相关企业、机构从整体上做数据分析。国内互联网企业也正对相关技术十分关注。

技术层面很难从根本上解决信息泄露。隐私被侵犯，归根结底是用户在隐私条款中的弱势地位决定的，搜集者征得了使用者关于信息授权的同意，而许可者无法确认信息的最终流向，众多数据滥用正是这种权利和责任失衡的产物。而且，由于收集、利用隐私条款行为的识别性较低，目前颁行的《网络安全法》并没有对其进行明确规范，侵犯隐私者更加有恃无恐。

监管是法律的利剑，法律是监管的盾牌，二者相辅相成，不容缺位。有关部门必须通过行之有效的手段，为涉及个人信息的企业及公共部门套上法律与监管的缰绳，促使其在寻求经济效益与社会效益间找到平衡。

在安全保障内部，急需明确责任主体与建立应急机制。设立专门的信息保护机构，赋予其相应的司法与行政权力。同时，严格赏罚制度落实，形成积极的工作氛围，克服不遵守、不执行。此外，在公共部门建立网络安全应急机制，加强信息保护指导力度，并有针对性地进行排查摸底，对不符合信息安全等级保护规范的机构开出负面清单，责令限期整改，切实保护用户信息安全。

隐私保护是互联网和现实两个社会里维护文明与尊严的基本方式，也是不容侵犯的个人权利。洪流决堤时往往摧枯拉朽，亡羊补牢则需要铭记功不唐捐。多一道关口，多一点思量，多一些落实，筑牢信息保护的堤坝，让网络安全治理，永远在路上。

（湖南红网“红辣椒评论”微信公众号，2018 年 11 月 6 日）

刘浏
评论作品

澎湃新闻评论

整容低龄化？年轻人的审美需要引导

近些年来不断低龄化的整容风潮，引发了今年两会代表委员们的讨论。整容的风险、整容对青少年价值观的影响，以及法律对美容行业监管步伐的跟进与加强等，是主要的关注点。全国政协委员、北京协和医院麻醉科主任黄宇光认为，整容虽是个人选择，不能一刀切，但从社会来说要有一个正向的引导。

数据显示，当前中国有近 2 000 万人的医疗美容消费群体，90 后已是整容整形绝对主力，00 后开启医疗美容消费的势头比 90 后更强。从近两年消费数据看，00 后成了整形的主力军。虽说整形整容属于个人选择，但不得不承认，正确的引导仍十分重要，尤其对于未成年人而言。

首先，未成年人由于认知的不全面，往往只看到整容光鲜亮丽的一面，而忽视了代价。在非法执业机构和个人仍然存在的背景下，整容造成事故乃至酿成悲剧的案例时有发生。轻则让消费者陷入继续整容的“恶性循环”，重则夺去整容者的生命。今年年初，贵州一名19岁女大学生在进行隆鼻手术时身亡，引发广泛关注。

其次，未成年是一个人价值观形成和塑造的关键时期。过度追求外在美，一味地受到“颜值至上”价值观的影响而盲目跟风，会让青少年忽视对内在美的关注与修炼，忽视自己真正需要什么，影响未来的前途与发展。

此次两会中参与该话题讨论的人大代表王家娟，此前就建议“立法禁止未成年人整容”，以消除美容行业对未成年人在生理和心理上的双重影响，从而对美容行业和青少年都给予正确的引导。不过，我倒认为，这一初衷良好的建议，也要注意特殊情况。在合法且必要的情况下，适度整容应当是被允许的，例如一些未成年人天生的生理缺陷，或者因意外情况所导致的面部受损等，可以通过整容改善。

此外，作为未成年人的监护人与引导者，家长和老师也应发挥作用。一方面，要帮助未成年人树立正确的、积极的价值观；

另一方面，要带领他们去发现自己独有的个性和优点，增强自信心，不用因为外在等方面的不足而感到自卑。

说到底，人们对美的标准和定义会随着时代的发展而不断改变，今天的“网红脸”，可能明天便因为过度泛滥而让人审美疲劳。处于成长和发育中的未成年人，与其把时间和精力花在变幻莫测的审美品位中，不如珍惜当下的时间，多读书，多学知识与本领，多提升自己的真才实干，提升自我的综合素质与修养。这些才是一个人安身立命、实现自我价值的根本。

（澎湃新闻《澎湃两会快评》栏目，2019 年 3 月 7 日）

洗澡要用 APP，这是为学生方便还是给学生添堵?

12 月 2 日，长沙理工大学发布通知称，因热水系统改造，学生们需要用手机 APP 进行扫码才能洗澡，引发了不少学生抱怨。大部分手机本就不防水，带到浴室也不方便。学校随后称，已经重启了刷卡洗澡的功能。

刷卡洗澡，简单方便，是高校的普遍做法。这所学校却偏要学生改用 APP 洗澡，是典型的将简单问题复杂化。如今，问题看似解决了，但其背后却反映了不容忽视的问题——校园 APP 正在部分高校中泛滥。

如今，许多大学生都会被要求下载五花八门的 APP，选课、体测、评奖评优、成绩查询，甚至洗衣服、吹头发，明明一张“校园卡”或跑个窗口就能解决的事情，硬生生被无数个 APP 霸占。而打开这些 APP 呢，低质的交互界面、简易的功能架构、眼花缭乱的产品广告映入眼帘。不好看就算了，用户体验也很差，“热水费充值一次不得少于 200 元并无法退款”，“跑步记录出问题致使刷锻失败，影响成绩”，“卡顿现象频发”，“系统问题多”……这些问题极大地影响了学生们的校园生活，不仅没有给学生们带来便利，反而徒增许多不必要的麻烦。

此外，学生在注册这类 APP 时需要上传大量个人信息，例如姓名、学号、邮箱、身份证号，甚至家庭住址等等。一旦这些信息通过 APP 平台，被人以非法手段窃取，还会给学生带来许多未知的、无穷的隐患。

但现实是，学生往往只能被迫接受。学校一方面通过各种通知强制要求学生下载，另一方面，又将 APP 的使用与学分、成绩、评优挂钩，甚至直接关乎学生能否顺利毕业。

明明多是越用越麻烦的手机应用，学校却还乐此不疲、大张旗鼓地宣传与推广，难免让人怀疑背后是否有着利益驱使。

不可否认，学校信息化建设的初衷是好的，但要真正建成“智慧校园”，不是简单开发几个流于形式的 APP 并让学生使用就足够了。说到底，“智慧校园”还是为学生服务，让学生更好地学习与生活。一个好的校园 APP，应当尽量将所有服务都整合进同一个平台，学生在此可以“一站式”完成信息查询、缴费、证明办理、校医挂号等一系列校园服务，让原本需要在校园各部门间跑腿的事可以直接通过网上申请与办理，这才是真正给学生们带来便利。

（澎湃新闻《马上评》栏目，2018 年 12 月 12 日）

家长群也是小社会，“立规矩”正当其时

学生作业教师要当堂布置，不得在交流群中发布，不得发布学生考试成绩；一般性通知，原则上不点赞、不回复，避免“拍马屁群”的出现；严禁教职员工成为“微商”，避免“广告群”的出现……近日青海省西宁市城西区教育局下发《家校网络交流平台“五要五不要”管理规定》，因击中广大教师与家长的痛点，引发热议。

不知从何时起，家长群成了新闻“富矿”，隔三岔五登上热搜。就在最近，先是杭州一家长开跑车接送孩子被老师踢出群；后有吉安几名家长，因未批改作业被老师在家长群里点名批评；再有荥阳一家长在填孩子的调查问卷时，没有按照学校老师给的答案照抄，被老师踢出了班级微信群……

如果只是线上吵几句倒还好，发展到线下冲突，就不可收拾了。昨晚玉溪警方通报：红塔区一小学生的父亲，嫌班主任安排的家长准备工作“过于烦琐”，在家长群里多次辱骂、侮辱老师，被踢出群后继续言语攻击、威胁老师，被警方处以罚款500元的行政处罚。

乱象频出，到了不得不反思的时候了。家长群设立的初衷，是为了让老师与家长之间的沟通更为便利。学校的最新通知、孩子的学习情况，老师通过微信群迅速告知家长；家长们有任何疑惑，老师也能在群内统一答疑。这种本该互赢的交流模式，为何搞得一地鸡毛，大家都不满？

面对家长群，一些老师心情复杂。有报道称，家长群已经成为很多老师的“隐形负担”。10 分钟没看微信，消息便能过百，老师们不得不时时刻刻盯牢手机，酷似每天都在开家长会。家长同样有不满：老师在群里发的信息，必须及时回复，唯恐落在其他家长后面……

归根结底，还是“焦虑感”在作祟。家长焦虑，因为在他们看来，老师掌握着自己孩子的未来；老师焦虑，因为再好的教学没有家长的配合，也是“剃头挑子一头热”。家长群是沟通的平台，也是承载焦虑的平台。当焦虑与焦虑相碰撞时，难免言辞过激、诉求错位，矛盾也便产生了。

但是，双方在宣泄焦虑时，却往往容易忽略一个事实，即家长群也是一个“小社会”。它改变了传统的老师与家长“一对一”交流模式，群内的信息是公开的，群里人都能看到和参与。老师的批评或许会伤害到一些家长和孩子的自尊，而家长们所发的一些无关内容，也会打扰老师和其他家长。这就决定了，任何一个人包括老师，都不可能在群里“畅所欲言”，任何“无关群旨”的信息都不应该出现在群中。

要做到这一点，需要老师和家长们换位思考、体谅他人。但完全依赖人性也是不行的，还需建立一套细致可行的规则，来明确双方的边界。

青海省西宁市城西区的“五要五不要”，或许正是在这一背景下发布的。它明确了教师可以在家长群发布哪些内容，以及不能发布哪些内容。同时教育局还要求，将平台管理纳入教师考核范围之内，对于违反此规定的人员视情节轻重给予相应处分，可以说较为完善了。或可以为其他地区提供借鉴。

不过愚以为，这个规定还有进一步完善的空间。比如，针对近期较为集中出现的老师“踢人”事件，是否可以明确规定老师的权利与义务，比如在何种情况下可以“踢人”、哪些情况不可以。另外，针对老师的规则有了，那针对家长的规定呢？是否可以邀请家长代表参与制定群规，构建双方发言的边界。

（澎湃新闻《马上评》栏目，2018 年 10 月 16 日）

抗癌药入医保：药价降下去，希望才能涨上来

10月10日，国家医保局印发通知，经过3个多月的谈判，17种抗癌药物被纳入医保报销目录，平均降价56.7%，涵盖非小细胞肺癌、肾癌、结直肠癌等多种病人需求度高的药品。今天，国家医保局表示，抗癌药入医保将在11月底前落实。

药价降低了，癌症患者的用药负担减轻了，生存的概率也就提高了。

国家癌症中心有数据显示，我国2014年新增恶性肿瘤病例约380.4万例，等于每天约有1万人，每分钟约有7人被确诊。对于这些患者而言，抗癌药物是他们改善病情，降低死亡率最为直接的手段。根据美国癌症协会2016年数据，当下癌症死亡率的下降有83%归功于新型的癌症治疗方法，创新抗癌药物无疑占据重要位置。

但药品研发周期长，投入成本高，有较长的专利周期，审批流程复杂，加之关税等因素，层层叠加，让很多救命的抗癌药对于患者来说遥不可及。以治疗白血病的格列卫为例，一盒的最高零售价可达25 500元。价格高，保证了盈利空间，才会激发药企

去研发，但过高的价格又让抗癌药偏离了初衷——帮助更多患者抵抗癌症。这一对矛盾体虽然存在了许久，但在相当长的时间内，似乎都是盈利胜于救命。

今年，我国针对抗癌药的一系列利好政策陆续出台。5 月，抗癌药零关税落地；8 月，国家开展药品集中采购试点，提出“推进各省（自治区、直辖市）开展医保目录内抗癌药集中采购，对医保目录外的独家抗癌药推进医保准入谈判”；9 月，国家药监局通过优先审评审批程序，许可两类抗癌类药物上市。如今，国家医保局亲自参与到价格谈判中，在尊重制药公司盈利的基础上征求对方意见，用“以价换量”的策略让药品得到最大幅度的降价。

得到实惠的是癌症患者及其家庭，受到鼓舞的却是全体国人，民意从网友们的点赞中不难体会。

然而，纳入医保后，是不是患者都能无障碍地享受到优惠，还需要冷思考。首先，医保药进医院一直是大难题，盈利低、药占比等问题都限制着此类药物的“上架”。其次，医保的报销流程往往较复杂，有不少限制与要求。就像有些医保的报销，要求患者住院才能报销，但医院床位的不足又无法保证每位病人都能够入院。

长远地看，17 种药物涵盖了需求度高的药品，另外大部分进口药品谈判后的支付标准低于周边国家或地区市场价格，这固然是好事，但或许仍无法满足所有癌症患者的需求。未来，可能还需进一步扩大纳入医保的抗癌药的种类。另外，有网友称，抗癌药原来的价格太贵，现在即便通过医保报销降价一半多，很多家庭可能仍承担不起。在一些国家，类似格列卫的抗癌药物已经近乎达到全额报销。我国抗癌药的报销额度是否还有提升空间？

美国医生悉达多·穆克吉曾在他的《众病之王：癌症传》中提到，癌症是人类进化的结果。这意味着癌细胞一直与人类形影不离，它永远是生命的一部分。面对人类与癌症需要长期抗争的现状，生产与引入的抗癌药品种越多，纳入医保的药品范围越广，降价的幅度越大，才能让越多的癌症患者抓到救命的一线生机。

但归根结底，加大对抗癌药物的自主研发，才是根治药价过高的关键途径。只有当我们研发出惠及患者的高效抗癌药，价格的掌控权才能握在自己手中。

（澎湃新闻《马上评》栏目，2018 年 10 月 11 日）

“大学”的称号不该被滥用

5月28日，大众网报道“中国胸痛大学”在济南正式成立。文中称“中国胸痛大学”是中国第一所以提升胸痛教育和研究为目标的高等学校，累积了大量的教学与科研经验，如今下设“胸痛学院、抗栓学院和心衰学院”。

一时间，“我是胸大校友”，“还要开设头痛、腹痛、脚痛大学”等调侃在网上流传。奇异的名称加上“国字号”招牌，“中国胸痛大学”可谓成功吸引了媒体和网民的关注。然而在短短的一天时间内，教育部、山东省教育厅陆续发表声明称未批复此类大学申请，相关负责人声称该机构只是一个“学术组织”。

如今这篇失实的源稿件已经下线，但从中依然折射出当下对

“大学”称号滥用的问题。从先前频频被媒体曝光的“野鸡大学”，到近几年互联网领域兴起的“淘宝大学”“喜马拉雅大学”，无数的机构争着用大学的称号来包装自己，以求得最大程度的关注，从中攫取利益。

教育部发布的《普通本科学校设置暂行规定》中明确指出，作为“大学”要有8 000名以上的在读生、充足的师资力量、明确的专业分类、完善的基础设施、较强的科研水平等较为严格的要求。若要从零开始成立一所大学，所经过的流程则更为复杂，牵涉的相关部门更多，消耗的时间将更长。

所以，一旦有新的大学在申请与筹备，往往都会为社会所关注。正如舆论先前一直聚焦的西湖大学，自2015年3月提出设想以来，前后历经了三年时间的筹备、申请、审核，才最终于今年的4月1日正式得到教育部的批复。然而，一夜之间突然冒出的“中国胸痛大学”实在令人难以相信其先前做好了充分的准备。

事后相关负责人称：“我们分会在起名时考虑不周，起这个名字欠妥，给公众造成了误解。”作为一个新创立的学术组织连最为关键的名称都考虑不周，更不用说还要进行复杂的学术研究。

大学之所以称之为大学，是有其规范所言，价值所在。寒窗苦读十二年才能考进的大学，不可能说立就立。它是教书育人、学术科研，为中国未来的建设与发展提供人才的圣地。而不是任何组织吸睛的工具，更不应当被滥用而贬值。

当然，“中国胸痛大学”设立的初衷或许是好的。因为“胸痛”属于疑难杂症，往往与很多器官相关联，又缺乏统一的治疗规范，若不及时找出病根及时治疗甚至会导致患者的死亡。但与其给自己取一个奇葩的名字来吸引大众的眼球，不如多花些精力真正投入到“胸痛”方面的研究中去，沉下心来好好做学术。毕竟解决病情、挽救生命才是医生们最终的目标。

（浙江日报“弄潮号”微信公众号，2018 年 5 月 30 日）

陈曦
评论作品

澎湃新闻评论

脱贫攻坚要“响鼓重锤”，也要忌浮夸、讲方法

3 月 7 日下午，习近平总书记在参加甘肃代表团审议时强调，脱贫攻坚越到最后时刻越要响鼓重锤、警钟长鸣。不要搞“大跃进”“浮夸风”，决不能搞急功近利、虚假政绩的东西。对这类问题现在就要敲打，防患未然，防微杜渐。

习近平总书记在扶贫攻坚战一路高歌猛进时刻的提醒，可谓高瞻远瞩、振聋发聩。响鼓重锤，就是要在脱贫攻坚倒计时 20 个月的时间里，加大力度推进政策执行，不在关键时刻掉链子，不松散懈怠。警钟长鸣，意味着吸取历史经验教训，尊重客观规律，一切从实际出发，实事求是、脚踏实地“补短板”。

明年，全面建成小康社会的奋斗目标将实现。全面小康意味着“一个都不能少”，只有全民小康才能实现全面小康。打赢脱贫攻坚战，是决胜全面小康的重点之一。不过，正如总书记强调的，脱贫攻坚既要有决心和紧迫感，但也要遵循其本身的规律，应看到脱贫不是一蹴而就的。

首先，脱贫进入攻坚阶段后，重度贫困地区这一“硬骨头”还需重点来“啃”，比如针对这些地区的基础设施建设。如果说产业是贫困地区的“造血厂”，那么交通等基建则是血液得以流通的动静脉。深度贫困地区往往是交通极不发达的偏远地区，这些产业触及不到的地方，应继续完善基建为发展保驾护航。

其次，要有授人以鱼不如授人以渔的智慧。想要真正脱贫，必须保证脱贫之后不“返贫”。要做到这一点，不能只依靠米面粮油的捐赠和慰问金，而必须提升贫困地区的居民实现劳动力再生产的能力。在贫困地区，人们多从事种养殖等基础劳动，但这些处于产业链底端且缺乏社会分工的劳动，创造的价值仅是维持一家人基本生计。对于这部分群体，当地政府应在促进城镇带动乡村发展上下功夫，为人们提供分工细化的就业机会，优化其收入来源的结构，提升劳动价值和产业附加值，促进民众增收。

此外，扶贫的精准性还需进一步下沉，要针对不同群体开不同的“药方”。对于因病残致贫等情况的家庭和人员，要给予更多政策上的帮扶和社会救助；对于有劳动能力而因懒致贫等群体，则要“扶贫先扶志”，形成“主动脱贫光荣，懒惰懈怠可耻”的氛围。只有从根本上扭转人们的落后观念，才能为实现真正扶贫提供价值观上的坚实支撑。

更需牢记的是，扶贫是为了让人民过上更美好的生活，扶贫各项指标不过是这一任务的副产品。只有认识到了这一层，才能在脱贫过程中，自觉杜绝“只算收入不算支出，只讲政绩不讲人民”的“浮夸风”和各种形式主义、官僚主义，真正做到以人为本、以民为本。

艰难困苦，玉汝于成。脱贫攻坚仍有一段路要走，谨记总书记“坚定信心不动摇，咬定目标不放松，整治问题不手软，落实责任不松劲，转变作风不懈怠”的嘱托，最后的胜利一定属于人民。

（澎湃新闻《马上评》栏目，2019 年 3 月 8 日）

热搜也要有价值观，别让网络赋权变“负权”

今年两会上，被称为“国民妈妈”的全国政协委员、演员张凯丽关注到“明星八卦”泛滥的问题。她指出，明星的离婚案或者丑闻充斥着新闻头条，这些事件在网络热搜上不断发酵会对广大网民特别是青少年产生错误的引导，而一些值得关注的国家大事却被淡化了。

如今，打开搜索引擎或社交媒体，明星八卦接踵而至，娱乐信息无孔不入，流言蜚语见缝插针，确是常态。这些毫无营养的内容不断蚕食着网络公共空间，挑逗着用户的窥私欲，挑战着人们的三观，瓦解着网络公共生活的理性基础。

明星八卦屡上热搜，和网络推荐机制的缺陷密不可分。当人们对娱乐化的信息更感兴趣时，门户网站和社交平台自然更倾向于让此类新闻上榜，并利用个性化算法，以“小灶”的方式对用户进行填食。在流量经济的召唤下，平台建立起一个个充满了“欢声笑语”的小格子，为人们提供了一个话语狂欢的空间，这一过程消耗的却是用户有限的时间资源，蚕食的是宝贵的公共利益。

因此，网络平台需扮演好“把关人”的角色，对其发布的新闻内容进行必要的监管，在衡量新闻内容的社会价值后再做取舍，而不应唯点击率、转发量马首是瞻。

作为公众人物的文艺工作者们应严于律己，恪守社会道德规范，不做出格逾矩之事。只有这样，才能从源头上遏制明星八卦的传播。此外，网络空间的净化有赖于用户媒介素养的提高。只有用户的素养高了，技术才不会跑偏，互联网的“赋权”才不至于沦为“负权”。

习近平总书记在看望参加政协会议的文艺界、社科界委员时指出：“文化文艺工作者要走进实践深处，观照人民生活，表达人民心声，用心用情用功抒写人民、描绘人民、歌唱人民。”朴素的话语，深刻揭示了文艺工作者的“正确打开方式”。当文艺工作者坐得正、站得直、行得端，做人光明磊落，以作品证明自身实力，自然也就不需要八卦加持来吸引眼球、获得流量。

（澎湃新闻《马上评》栏目，2019 年 3 月 5 日）

字音有历史滤镜和现实习惯加持，更改需谨慎

说（shuì）服变成了说（shuō）服，一骑（jì）红尘变成了一骑（qí）红尘，“少小离家老大回，乡音无改鬓毛衰（shuāi）”，“远上寒山石径斜（xié），白云生处有人家”……近日，一篇《注意！这些字词的拼音被改了！》刷屏社交网络，文中举了一大串读音改变的例子，并称，“不少网友查字典发现，许多读书时期的‘规范读音’现如今竟悄悄变成了‘错误读音’；经常读错的字音，现在已经成了对的……”这让不少网友感到迷惑，吐槽“上了个假学”。

首先，要说明的是，据《咬文嚼字》主编黄安靖透露，上述大部分案例都来自国家语委2016年发布的《〈普通话异读词审音表（修订稿）〉征求意见稿》，而这个意见稿至今尚未正式发布。今后正式发布的《审音表》应该不完全和《征求意见稿》一样。也就是说，现在表示担忧还早了点。

不过，抛开这一层面，常用字词读音的改变，以及由此引发的围观与吐槽，本身就是一件耐人寻味的事。比如，有网友质疑“衰”和“斜”读音改变，原因是读错的人较多，所以要“将错就错”。

语言学家索绪尔指出，语言的声音和意义的联系并非本质的和必然的，而是由社会成员共同约定而成的。一种事物的意义为何用此声音形式而不用彼声音形式，中间并没有逻辑可言。由此观之，初始赋予特定事物语言符号时具有任意性，读音没有正确与错误之分。

但是，当语言符号进入社会交往，即其语音形式与其意义相结合，以表示某一特定的事物后，它对于使用它的社会成员来说就具有了强制性。任何个体都难以语言符号初始的任意性为借口，改变音义之间的结合关系。因此，符号的音义结合，其关系的改变要由整体的社会需要来决定。由此观之，随着社会实践和社会成员语言使用习惯的变化而对部分文字的读音进行微调，本无可厚非。

但这种调整是否符合语言自身的发展规律，是否有利于促进中文语言符号的完善与发展，需要科学的探讨和论证，语音更改需谨慎正是此理。

文字的读音虽然没有对错之分，却有是否适合之理。随着文字语音的传承，更多的文化内涵也被赋予其中，如果更改文字的读音而不注重其特定的文化内涵，会消弭其特有的传统文化价值。因此，为何更改文字的读音，更改之后会有何影响，相关部门需要给出更多合理的解释以服众。

以唐代诗人贺知章《回乡偶书》中“少小离家老大回，乡音无改鬓毛衰”中“衰”字为例，根据《古汉语常用字字典》，当其读 shuāi 时，词性为形容词，可理解为“两鬓斑白”“衰老”。而当其读 cuī 时，则是动词，可理解为“减少”。从这首诗的修辞来看，诗的第一句和第二句是对仗的，那么“衰”字对应“回”字，“回”是动词，“衰”也应当是动词，因此，从其表意来看，“衰”字读 cuī 更为合适。再比如说唐代诗人杜牧七绝《山行》中的“斜”字。绝句要求第一、二、四句押韵，从该诗二、四句即可判断出该诗的韵脚为 ia，“斜”字读古音 xiá，与第二句的“家”、第四句的“花”的读音押韵，因此更符合绝句的创作规则和韵律美。是否应将 cuī 改为 shuāi、将 xiá 改成 xié，在促进语言运用的统一和最大限度地保留语言的表意功能之间应如何权衡，是历史和现实留给官方需要慎重考虑的问题。

此外，语言是人们日常生活中必不可少的工具，相较于硬性的制度而言，语言对人们的影响更多是潜移默化的。因此，在推广普通话和标准音的过程中，需要兼顾历史和现实，寻求尊重历史、尊重文化与尊重人民群众用语习惯的最大公约数，要谨防用正确与错误的二元对立的思维，将语言变化的联系割裂。

（澎湃新闻《马上评》栏目，2019 年 2 月 19 日）

火车上的除夕，旅途中的年

我曾经最怕火车。据母亲回忆，幼时的我听到火车鸣笛时，头上的胎毛会突然竖起来。直到上小学，我还经常因梦到被火车碾而惊出一身冷汗。这一快速移动的庞然大物，俨然是我童年挥之不去的阴影。

从石家庄到唐山，一头是我家，一头是外公外婆居住的小乡村，全程四百余公里。

北方的农村有一个习俗，出嫁的女儿不能在娘家过大年三十。我的母亲为了能尽早见到我的外公外婆，常常在除夕夜便踏上归乡的路。因此，我已经记不清楚有多少个大年三十的夜晚，是在火车这一令我见之则怯、闻之则畏的“怪物”的腹中度过的。在私家车尚未普及的年代，绿皮火车在大年初一的早上把我送回魂牵梦萦的故乡。

如果你问支撑我在火车中熬一晚上的动力是什么，我或许会告诉你是我老舅家的螃蟹、章鱼、皮皮虾的味道，是三姨亲手包的饺子的味道，是大姨、二姨和大舅家大餐的味道，是空气中弥漫的炸糕的味道。但实际上，这些还远远不够，重要的是一家人能够团聚的年的味道。

记忆中隐约有这样一幕，列车周围挤满了想要进入车厢的人，狭窄的车门被人们堵得严严实实，车厢内的人便把车窗打开，让车窗外的人爬进来。母亲说，那是1998年的除夕夜，我三岁，能买到春运返乡车票的人不占多数，先上车后补票很常见，而当时的我年龄尚小，车外的乘客担心我从正门进入会被挤伤，于是车外的人往上推，车内的人向里拉，我母亲在大伙儿的帮助下便从车窗进入了列车内，再由我父亲把我抱上去递给我母亲。

车厢里同样挤满了人，一只脚落在地面，另一只脚则会落在别人脚上，母亲便呈金鸡独立状抱我在车厢内，后来乘警为我们找了一个座位。中途，一个学生模样的少年发高烧，担心自己找不到出站口，我的父亲打算在列车经停时送他出站，而母亲则犹豫，担心父亲不能准时赶回来。列车到站经停，父亲背起少年一路小跑消失在人群中，还好在列车启动前赶了回来。

父亲是村里为数不多考出来的大学生，被分配到石家庄市区上班，母亲是小学老师，在唐山市下辖县的农村任教。我留在母亲身边，在外公外婆的照料下成长。后来母亲带着我随父亲去了石家庄，一年中只有春节才能见到外公外婆。外婆告诉我，我刚去石家庄时，外公常说心里空落落的，他去耕作，在田埂上寻到我的脚印便哭了起来。

铁轨上的春节，于我而言，难以忘怀的是那份渴望见到外公外婆，渴望团聚的心情。

外公虽然是“庄稼人”，但素来爱干净，白衬衫、中山装和一辆二八自行车是他的标配。小时候，我在外公家常住，我说想吃虾，外公就会放下手里的农活儿，一上午骑个来回，到县城里买来虾煮给我吃。

随父母到了石家庄后，我十分想念外公外婆。所以，在如此惧怕火车的情况下，我曾站在铁路边，手拿一根冰糕对着路过的火车大喊：“大火车你停一下，我给你吃一口冰棍儿，你带我去找我外公和外婆。”母亲则说：“很快就过年了，等过年了就能回去了。”

盼了一年终到头，在火车上熬一宿，直到大年初一的早上，一到离家门不远的地方，我就会大喊：“外婆，外公，我来看你们啦。”外公已经在门口等我们了。到了屋内，外婆拉着我冰凉的手，让我爬到炕上，给我盖上被子。老舅说，外公和外婆一听到我们要来的音讯，便在村北到村南之间往返数次，不时去大舅家等着我爸妈的电话，并问：“他们还没到呢？该到了没？”

后来外公得了阿尔茨海默病。那年春节我回老家，外公说话已含糊不清，殊不知那是我见外公的最后一面。高三的一天，母亲在电话里告诉我说外公病了，自己正在回老家的途中，当晚放学回家我给母亲打电话询问外公的病情，大姨哑着嗓子接了电话，说：“你妈嗓子哭肿了，说不了话，你姥爷已经走了。”

又是一年春节。我乘上归乡的列车，绚烂的烟花在车窗外绽放，我却无心欣赏沿途的风景。老舅、大舅和我在外公的坟前点燃纸钱。老舅对着外公的坟说：“你外孙来看你了。”眼泪在我眼眶中打转，那一抔黄土告诉我外公再也回不来了。

如今，铁路基础设施的完善和高铁的发展，使得石家庄到唐山的路不再漫长；开私家车回家过年，亦使得绿皮火车于我而言悄然渐远。而随着城镇化水平的提高和农村重男轻女思想的改观，出嫁的女儿不能在娘家过除夕的规矩也变得没有那么重要。

回首过年要离开的城市——石家庄市区，二环附近灯火阑珊，俨然一座空城。有人说是年味变淡了，有人说因为生活条件好了不再缺吃缺穿，有人说是人们不再重视过年的仪式感了……

也许都不是，因为中国的年味儿一直在农村。即便逆春运潮流一时涌起，但不可否认的是，春节就是团圆，春节就要回家过年的文化印记，已经深深印刻在人们的集体记忆中。

（澎湃新闻《马上评》栏目，2019年2月7日）

英语能力标准对接雅思，仅仅是“对标”的第一步

据媒体报道，1 月 15 日，中国教育部考试中心与英国文化教育协会联合宣布，雅思、普思考试与中国英语能力等级量表（英文简称 CSE）的对接工作已经完成。从发布的对接结果来看，雅思总成绩 4.5 分对应量表四级，5.5 分对应五级，6 分对应六级，7 分对应七级，8 分对应八级。这标志着中国英语语言能力标准与国际考试的接轨。

此事在学生群体中引发了广泛关注和热议。有人难掩兴奋地打探：我凭六级成绩就可以出国了？

在此，有必要区分一些重要概念。中国英语能力等级量表（CSE）分级并不等同于大学英语四、六级考试（CET4、CET6）分级。换而言之，根据雅思考试与 CSE 对接结果表，如果雅思听力得 5 分，即达到 CSE 四级水平，而并非等同于通过了大学英语四级。

而 NETS 考试，则是教育部考试中心正在进行的与 CET4、CET6 对接的考试。目前 NETS 考试仅仅是在吉林大学等部分高校试点，而 NETS 能否替代、何时替代 CET 考试仍需继续实践与

考察。

需要注意的是，中国英语等级能力量表（CSE）有可能会作为考试的量化标准应用于 NETS 考试中，但并没有与大学英语四、六级考试相衔接。由此观之，CSE 与雅思的对接，并不意味着持有成绩优异的大学英语四、六级成绩单即具备了获得通往著名国际高校的必要条件。

CSE 等级量表与雅思的对接，有利于形成中国英语测试和国际测试对接的规范，进而推动中国英语测试的进步。但这并不等同于在现阶段就可以将中国英语能力测试与雅思考试等量齐观。

打个比方，如果将国际舞台对英语测试成绩衡量标准的需要比作一个市场，那么中国英语测试标准就是“人民币”，而雅思考试的成绩衡量标准则是可以作为国际货币而通行的“欧元”，将 CSE 等级量表与雅思对接仅仅是确立了“汇率”，尚待开发的中国英语能力等级考试要成为“硬通货”，仍有很长的路要走。

对接研究的英方学术负责人、英国文化教育协会测评研发中心主任巴里·奥沙利文指出，CSE 与雅思考试的对接，有利于中国教育机构参考国际交流中对英语考试成绩的要求，制定学生英语能力培养目标，改进教材与课堂教学设计等。从某种意义上来说，作为国际应用最为广泛的英语，其作用在于为各国人民实现沟通提供语言“中介”，而个体是否掌握了这种“中介”，熟练应用这种“中介”的程度需要以国际公认的衡量标准为前提，这种衡量标准，确立起了语言自身的规范性和权威性。

由此观之，中国英语能力等级量表 CSE 的国际化道路，仍有其尤为重要的意义。它力图通过与国际著名的英语标准化水平测试相衔接，通过协商规范的方式，确立起更为专业的“门槛”，以构建中国英语能力测试的权威，从而使得中国英语能力测评体系的建设成就得到国际社会的认可，这为国内外考试对接实现“量同衡”架起了桥梁。

然而中国英语能力等级与雅思的对接，仅仅是中国英语能力测试按照国际标准塑造自身框架的第一步，实现中国英语能力测试与雅思、托福等国际考试一样获得相当程度的国际认同，仍需在提升英语测试的质量和水平上下功夫。

（澎湃新闻《马上评》栏目，2019 年 1 月 16 日）

徐晓冬 KO 田野，被过度塑造的传统武术需泼一点冷水

徐晓冬与田野的对决，以徐晓冬一记飞膝，将扬言要用“里合腿”和“铁牛肘”让徐晓冬知道什么是中国传统武术的田野 KO 结束。

不妨先复盘一下昨晚的比赛。第一回合，田野以直拳和摆拳进攻徐晓冬，不屑于防御的徐晓冬颇具挑衅性地露出头部任其击打，并用摆肘拿下一血。第二回合，曾言要用“里合腿”抽晕徐晓冬的田野，却被徐晓冬的“低鞭腿”压制，其铁牛肘击打在徐晓冬如牛般坚硬的头部上时亦显绵软。最后，徐晓冬用飞膝 KO 田野，在第二回合就结束了总共三个回合的比赛，继太极大师雷雷、咏春丁浩之后，里合腿田野也被徐晓冬成功贴上了打假对象的标签。

从比赛中即可看出，无论是出拳力道还是速度，在其微博上自称曾打败俄国 80 千克级拳王，并在中国国家拳击队担任教练的田野，与自认为非专业的徐晓冬比起来则更显业余，而其赛前宣称的“返回北京准备比赛，我一定努力揍死徐晓冬”的文字与比赛结果的对比，则更显滑稽。

田野不可能对自己的实力一无所知，以至于盲目自信地认为一定能打赢徐晓冬，但其却深谙蹭“打假”热度从而谋取注意力经济利益的营销策划之道。正如当其眉弓被徐晓冬打出血之后，田野仍能气定神闲，神态自若，俨然早已预料到此战必败的结果。徐晓冬在田野的骂声中被迫与之建立联系，而田野本人则在徐晓冬的热度下从无名之辈跳入了公众视野，塑造了敢于挑战格斗狂人的武术大师形象，从而为自己捞金。

在此种逻辑下，越来越多的假武术大师被塑造出来，让徐晓冬去打，这就变成了因“打假”而“造假”，而不是先有“假”，后“打假”。而传统武术本身则沦为假大师用以博眼球的噱头，成了被徐晓冬打倒、被网友群嘲的对象。

从徐晓冬 KO 雷雷，到徐晓冬暴摔咏春丁浩，再到徐晓冬飞膝里合腿田野，传统武术的迷思逐渐在荧屏下被解构，其实战性亦遭受着人们的质疑，而假大师表面上以捍卫传统武术为名挑战徐晓冬，实则更进一步地强化着人们对“传统武术只是花拳绣腿”的认知。

尽管如此，徐晓冬与田野的对战，映射出的仍是传统武术实战性的式微，毕竟，迄今为止没有一个真正的传统武术大师出现来击败徐晓冬。作为植根于中国传统文化的传统武术，本应成为传统文化复兴的一部分，与时代的发展相承接，与现代综合格斗训练相适应。然而，传统武术及其各个支系，不仅没有在其传承中成为如柔道、跆拳道等自成一派的技击性运动，而是在媒介的过度包装和渲染下塑造了一个个荧屏奇观，如之前太极雷雷的“鸽不飞”和“拍西瓜”，闫芳的“隔空打人”等。

而徐晓冬的出现，则为传统武术短板的败露打开了缺口，使得观众在面对传统武术缺乏实战性的事实和媒介塑造的传统武术乌托邦之间的落差时，无限唏嘘。

然而，真正打击了传统武术的，并不是徐晓冬，而是那些打着传统武术名义招摇撞骗、自身却缺乏实战技能的骗子们。在打假的号召下，知名度不高的骗子们站出来蹭热度，而更多骗子却仍隐匿在荧屏背后待人发掘。因“武林风”而出名的武僧一龙，先后以“中国人不打中国人”和“我的出场费较高，你根本请不起”为名拒绝了徐晓冬，这使得传统武术是否具有实战性，更加扑朔迷离。

（澎湃新闻《马上评》栏目，2019 年 1 月 13 日）

创始人没“让位”，
但 ofo 该想想下半场的戏咋唱了

据媒体报道，ofo 背后运营主体公司的法人，已由 ofo 创始人戴威变为陈正江。ofo 回应称，变更是正常的内部人事变动，公司实际控制人仍为戴威，不存在“让位”一说。

戴威曾说，资本让梦想实现的脚步加快了，他享受着这种被加速的感觉。确实，在 2016 年中国市场退出钢铁产能超过 6 500 万吨的形势下，以钢铁为原材料的小黄车却一路狂奔，在几年内迅速攻城略地，尤其是在融资上屡屡刷新纪录的表现，使其一时风头无两。然而，资本的狂欢，并没有使戴威主导下的 ofo 沿着“单车托拉斯”的梦想一路高歌猛进，而是很快就赶上了资本严冬。2017 年 7 月，ofo 宣布完成超过 7 亿美元的 E 轮融资。但在随后近 8 个月的时间里，都没有大型融资发生。直到今年 3 月 13 日，ofo 小黄车宣布完成 E2－1 轮融资 8. 66 亿美元。此后，再次陷入沉寂。

从被曝办公场所收缩，到用户投诉押金变成了购买年卡的红包，越来越多的证据似乎都指向了 ofo 资金链难以扭转的亏损困境，被收购的消息也从来没有消失。即便如此，戴威仍拒绝并

购，坚持 ofo 独立发展的道路，力图维持 ofo 不失体面的尊严。此次 ofo 的声明，也算保留了戴威倔强的骄傲。

在大众创业的背景下，社会理应给勇于尝试的年轻人些许宽容，为他们的试错预留空间。然而，坚持在一条已被实践证明走不通的路上走到底，却不可取。我想，戴威或许也能意识到，真正阻碍 ofo 前进的并不是没有倒向资本巨头，而是盲目的扩张模式与对遵循市场供给平衡规律的漠视。

资本增殖的过程中，风险投资可将年轻创业者的创意火种瞬间点燃，亦可将火苗引向创业者自身。后一种情况下，风投便成“疯投”。ofo 本着“羊毛出在猪身上”的风投逻辑，以先占据市场份额再考虑盈利的思维惯性，不断增加小黄车的产量，并没有考虑市场对于共享单车的实际需求，导致供给过剩；又在降低成本这一内驱力的推动下，生产了大量“物劣价廉”的小黄车，对质量的短视又让降低成本的目标陷入了恶性循环。缺少对供给与质量的考量，结果就是 ofo 找到并维修一辆小黄车的成本高于生产成本。这也是 ofo“大而不强”的一个重要原因。

也就是说，ofo 更多看中的是市场份额，而非对消费者需求进行合理科学预测，对现代消费者追求使用体验的心理更是缺少洞察。这种先天不足，直接导致了大量零件残缺的小黄车汇集成城市街头一片片金黄的“坟场”，也使得 ofo 打造新的盈利模式和培育利润增长点的动力显得疲软。

常识是，企业只有将自己的产品与消费者的需求痛点结合，以消费者需求为导向，对供给侧结构进行战略性调整，才有可能产生持续性的经济效益和竞争优势。而 ofo 的竞争策略，则是不断提高低质产品的供给增量，且没有对存量资源进行合理的优化配置，去库存的手段被简化为将小黄车弃置。如此这番，过剩的产能经过一番徒劳的加工后仍为过剩的产能，金融杠杆撬动起来的并非庞大的共享单车商业帝国，而是难以退还的押金和一堆影响市政交通的废弃物，谁都不待见。

从根本上说，共享经济应当是共建的共享和渐进的共享。共建的过程既是共享产品进入市场的过程，亦是共享理念不断植根于消费者内心的过程；渐进的共享则是一个从低级到高级、从不均衡到均衡的过程。小黄车从不期而至的出现，到不断扩张，再到与市场竞争的舞台渐行渐远，始终没有将共享经济的理念捆绑在小黄车的共享服务上，并将其一并售卖给使用者，最终实现共享经济理念和共享产品的均衡，而是在粗放式经营的模式下，在共享精神欠缺的短板下，不断追求数量优势和规模效益。这也使得共享单车被私人上锁、占为己有等乱象层出不穷，而企业又无力或无意有效应对。

戴威“让人随时随地有车骑”的初衷是好的，但 ofo 在市场竞争、资本的角逐中，却让这一美好愿景不断被扭曲。若不转变发展思路、改革经营管理模式，只是做更换法人等“表面文章”，ofo很有可能前景莫测。

（澎湃新闻《马上评》栏目，2018年10月24日）

“权”莫以“特”为荣

湖南株洲县渌口镇派出所几个警察将该县育红小学三年级某班27岁何姓女教师直接从教室带走，并将其关押于审讯室长达七个多小时。事情起因于班里一个女孩迟到，该老师让她在教室前面站了几分钟。而带警察到学校带走教师的派出所副所长正是被罚站女孩的父亲。

隐匿在事件背后的不仅仅是警权边界明晰与否的问题，还有潜移默化、深远持久的观念问题。这次事件中，折射出的是特权意识对服务意识的遮蔽、异化与解构。

在此事件中，派出所副所长显然没有分辨清自己的双重身份。作为公权力的执行者，他是人民警察；而作为女孩的父亲，他又是学生的家长。作为学生家长，赵某本应对教导其子女的老师心怀感激并予以尊重，但是他却因老师对自己的女儿几乎算不上体罚的“体罚”，利用自己的职业身份之便调动警力，将行政的特权施于何姓老师身上。

特权是一种身份、背景和权力的象征。作为治安行政和刑事执法机关的公安机关，在一定程度上赋予了警察某种专权。然而可以有专权，却不应有特权思想。“任何组织和个人都不得有超越宪法和法律的特权，绝对不允许以言代法、以权压法、徇私枉法”。行政法的程序正义性要求法无授权不可为。老师让学生罚站几分钟的行为本无太大过错，亦没有违反《治安管理处罚法》，派出所副所长赵某的行为，是将公权力挪为私用，并使其凌驾于公民的自由权之上，以彰显其特权的“威武”与“荣耀”。

在行使公权力的过程中更应注重对公民私权利的保障，审慎行使自己的职权，而不是在特权思维的主导下，将“别人做不到的我能做到，别人抓不了的人我能抓”贯彻到底，这种特权思想是对其应承担的义务的否定。

此外，特权思想的触手向学校的渗透与插足，亦会给教育事业带来负面影响，不利于老师在教学的过程中做到公平公正，一视同仁地对待每一个同学，而是或多或少地被这种权力关系干预。如老师在对某个同学做出褒奖或批评时，奖惩的轻重程度首先考虑到的不是学生的自身因素，而是其父母的身份、地位和背景。而学生在意识到这些外在的隐性优势或者劣势后，也会产生一种自然而生的优越感或自卑感，使得或明显或模糊的等级链条就此形成。而这种特权主导下的排序思维，将会潜移默化地毒化学生，不利于形成学生健康成长的环境。

（澎湃新闻《马上评》栏目，2019 年 10 月 19 日）

能否上车应该是票说了算
而不是人说了算

国庆黄金周时期，翟先生成功购到从山东菏泽开往北京的Z72次列车车票，却被列车员拒于列车之外。铁路部门给出的说法是车厢里全是人，赶谁下车都不合适。考虑到列车运营安全，只能安排部分乘客乘坐下趟列车。翟先生则指出硬座车厢并非人满，而是几位带行李的乘客堵住入口，导致其余人无法上车。

国庆黄金周是出行的高峰期，相较于昂贵的航空和高铁而言，较为廉价的普通火车依然是长途出行的人们青睐的交通工具，在这期间，火车站也便成了人潮涌动的乘客集散地。

越是人群聚集之场所，越需要兼顾效率和公平的刚性规则，使混乱变得井然有序。既然买票乘车是一种既定规则，乘车对于持票乘客而言亦是其权利。而就规则本身而言，规则只有先于事物而存在才有合理性，当事情发生时，为了满足已上车的乘客的利益而根据现状去重新制定规则，并且这种规则又是以牺牲另一部分乘客的合理权益为代价的，试问规则的合理性和正义性又何在？乘客能否上车，应该由其手里的车票说了算，而不是列车员说了算。

规则要兼顾效率和公平，无论是已经上车的乘客还是未上车的乘客，其能否上车的依据只能是手里的票，列车员应对持票乘客一视同仁。如果安排一部分乘客乘坐下趟列车，按此逻辑，划分能否乘坐本次列车的标准则变为了乘车时间先后，而不是具有法律效力的车票本身。因此，无论是安排哪部分持票乘客坐下趟列车，皆破坏了规则，且有违公平的准则。为追求效率，铁道部门对已经上车的乘客的权利予以保护，而对未上车乘客的合法权益选择性失明的做法并不可取。

此外，列车运行规则需刚性和透明，只有这样才能减少人的主观随意性，从而兼顾效率与公平。在航空和高铁尚不发达的年代，铁路客运承担着比目前更为艰巨的长途运客量。买不到票的情况更为普遍。有时没有票的乘客只需和安检人员口头承诺到车上再补票，安检人员即会放行，因此能否乘车对于没有票的乘客而言有着投机性，而对于安检人员则有着随意性。而随着交通运输基础设施的不断完善，买不到票的情况有所缓解，却又出现了即便买到票也不让上车的问题。然而，这一问题并非新问题，其根源与“无票亦可乘车”的问题具有一致性，即铁路规则运行边界的模糊，潜规则代替明规则发挥着作用，这表现为铁路工作人员滥用特权的任性。

铁路规则应尽可能明细，将权责统一的规范具体落实到铁路工作人员和乘客上，并保证其共同遵守。实际上，原子化的、分散的乘客相较于体系化运作的铁路部门而言处于弱势地位，如何更好地保障乘客的权益则是铁路部门应有的责任和担当。对铁路工作人员行为的边界做出明确的界定，不仅有利于填补“车满票余”的规则漏洞，还有利于部分铁路工作人员从特权的垄断者向乘客的服务者转变，从而在整体上提升铁路部门的形象。

但从根本上来说，解决黄金周票难买、车难坐、抢票难、有票无座的状况，不仅需要规则的良好运行和航空、高铁的发展，亦需要兼顾普通列车轨道运输，不断完善其基础设施，从而更好地满足乘客长途出行的需求。

（澎湃新闻《马上评》栏目，2018 年 10 月 10 日）

郑薛飞腾
评论作品

《人民日报》评论

青年上心，传统“上新”

走进乾隆花园，观赏拔节向上的空灵翠竹；寻访畅音戏楼，聆听意蕴悠长的清宫戏曲……近期，一档叫《上新了·故宫》的综艺节目频频登上网络热搜，以往鲜为人知的故宫深处，伴随镜头移转，一步一景，徐徐展现在观众眼前。翻阅演职人员列表，不难发现这档综艺制作团队人员众多，特点却很鲜明：年轻。台前幕后，许许多多“80后”“90后”承担起传播故宫文化的重任。

近年来，青春面孔演绎传统文化已渐成潮流。一系列由青年团队制作，弘扬中华文化经典的电视节目陆续走红。《国家宝藏》主创团队平均年龄不过30岁，《本草中华》导演组成员清一色为

“80后”“90后”……青年人“上心”制作，用时髦的话语解读叙说，为传统文化添上新彩。

更为可喜的是，今天的年轻人不仅为传统文化的推陈出新奉献才智，还日渐成为欣赏传统文化的主力人群。在年轻人聚居的网络平台，每遇推陈出新之作，常常能带动一番热烈讨论。在“新生代”的炯炯目光中，传统文化正汲取着源源不断的发展动力。

青年人演绎、观看、热爱传统文化的现象令人欣喜，但我们仍需留意，还有很多传统文艺的保护传承正频频“告急”。源起西周的陕西秦腔，年轻一代鲜有问津；始自宋代的评书艺术，历经辉煌之后，也被轻轻放下，影响力式微；传统手工艺刺绣门类繁多，但是不论哪个类目如今都为找不到“接班人”长吁短叹……千万种传统技艺，若要推动它们拥抱时代，走向未来，就必须回答“谁来传？传什么？谁来看？看什么？”的问题。

新颖的创意，激发了年轻一代了解传统文化的热情，备受青年人喜爱的优质综艺提供了可资借鉴的方案。当传统文化再次被激活，光彩焕发时，它也穿越时空，为我们的创新创业提供知识与灵感。“你们所多的是生力，遇见深林，可以辟成平地的，遇见旷野，可以栽种树木的，遇见沙漠，可以开掘井泉的。”如鲁迅先生所言，青春是取之不竭的创造力与活力，当这股力量与中华优秀传统文化交相融合，二者定能交相辉映、携手向前。只有青年“上心”，内容“赏心”，传统才会“上新”。

（《人民日报》，2018 年 11 月 27 日第 19 版）

抓工作不能搞“花架子”

时下，伴随互联网技术更新迭代，一些地方借用新技术、提出新想法，诸如“VR 行政服务”“互联网+政务服务”“新型智慧城市”等新概念时常听闻。

不可否认，新技术手段提高了服务群众的效率和质量，但有些地方仅仅满足于“炮制概念”，对新概念提出后，是否实施、是否有效管用却不大关心。如有的地方提出“互联网+社区服务”，标榜通过微信办理各项业务，但对群众诉求，却反馈迟滞、一拖了之；有的地方倡导建设“新型智慧城市”，也就是在社区装上几台设备充当门面，时间一久，风吹雨淋，故障失修，便任其荒弃；有的地方在报告材料中玩起“文字游戏”，实际一点没干，成了彻头彻尾的“空手道”。

空喊新概念沦为搞“花架子”，根子还是出在政绩观上。在有些干部看来，踏实搞服务，政绩出得慢，受此驱动，以新概念来博眼球、赚口碑来得快。殊不知，“炮制概念”好看一时、管不了长久，最终还是会“现出原形”，让群众期望落空，这对地方党委政府的公信力损害更大。因此，“花架子”

要不得，唯有沉下心来、踏实干事，切实提高服务质量和水平，才是正道。

（《人民日报》，2018年7月24日第18版）

莫让"新解"成"曲解"

"杯水车薪"是什么意思?

近日，网上传开一个新注解："形容每天上班到办公室喝杯茶，月底可以拿到买一辆车的工资。"这样的解释，让人听来不免发笑。不少年轻人也纷纷开动脑筋，为成语标注"新解"。

千年之前，孟子有鉴于行仁者力之不敷，因而慨叹"仁之胜不仁也，犹水胜火。今之为仁者，犹以一杯水救一车薪之火也;不熄，则谓之水不胜火，此又与于不仁之甚者也"。后世援引此语，渐成"杯水车薪"一说。孟子当年不甚痛惜之感，在今日的"新解"中早已无影无踪，杯水车薪的"沦陷"并非个案，文房四宝、度日如年、穷途末路……在近来火热的"成语新解"风潮中，这些寓意隽永、情感深厚的成语都被赋予"新意"。

"成语新解"本身反映出语言学现象。词语的含义会因其使用情境发生变化，成语也不可避免，有不少成语在发展过程中，都生发出有别于本义的引申义。青年人的"新解"正是把眼下的生活细节灌注到古老的成语中，因其内在的现实意义，博得大众共鸣、传播。

众人皆说，成之于语，从"一人说"到"众人说"，一个词语唯有经过时光淘炼、世人频繁使用，方能约定俗成，谓之“成语”。因而，我们如今使用的成语，大多能在古代的经籍典章中寻得踪迹，正是古人的代代相传，才让这些成语历久弥新，浮现在今人眼前。细细揣摩品味一个成语，我们能从中读出丰厚的历史意涵、深远的文化传统。

成语之美，体现在文字摘选、组合之美，进而是典故、意境之美。不明本义，以致“新解”都变成“肢解”。原本意蕴悠远的成语，在“新解”中，只是将其中的每个字做简单的拆分、组词、造句。这样的“新解”传扬开来，不但损害了语言的纯洁和健康，还让成语丧失了原有的厚重与韵味。

成语作为传统文化中的一部分，对青年人的发展颇有裨益，小到落墨行文，大至思想启迪都能从成语中获得灵感。当富有创造力的青年人遇上古老的成语时，更应抱以尊重的态度，了解本义，准确使用，以敏锐之思体察成语本身寄托的深厚情感。语言是文明的基石，是中华优秀传统文化的生动体现，主动维护语言的纯洁性，莫让“新解”成“曲解”，应是每个年轻人担负的历史责任。

（《人民日报》，2018 年 7 月 10 日第 19 版）

加油站限时加油，空气监测岂能玩如此套路？

据《中国之声》报道，河南平顶山今年 5 月份下发通知，要求加油站营业时间改为每日 19 时至次日 8 时，其余时间都不能营业，并通过远程监控、规定“白天加油就要罚款封站”等手段强化落实。加油站无奈，市民也深感不便。

据报道，“限时加油”的规定，与这些加油站地处国控空气监测点有关。当地环保等部门担心，加油站挥发的油气和加油车辆排放的尾气，会影响附近国控监测点的监测数据，这才想出了缩减加油站营业时间的办法。

得承认，治理空气污染、提升空气质量，是近年来很多地方的重要工作。一些地方及基层政府，为此做了很多努力和尝试，也承担了较大的压力。但在此过程中，也出现了一些盲目、功利乃至跑偏的情况，比如打起空气质量监测点的主意，先有篡改监测数据，后有在附近禁止货车通行、给监测器喷水等奇葩招数。平顶山的做法，不客气地说，仍属于这一类“昏招”。

原因很简单。规定加油站限时加油，只是做表面文章，短期内或许可以让监测点的数据更好看，但对改善空气质量没有丝毫帮助。反而，因为这一举动，导致监测数据失实，直接影响上级部门准确掌握真实信息，进而干扰下一步治理措施的科学性和针对性。如此，岂非与治理工作的初衷背道而驰?

当然，苦的还是当地群众。他们正常的生活因为这一规定而被打乱，不得不在休息时间耗费精力排队加油，一些临时有加油需求的群众可能更要抓狂。

这些，规定的制定者不会想不到。那奇葩规定为何仍出台了呢？原因也不难理解——比起空气质量的真正改善与群众生活的便利和幸福感，一些部门可能更热衷于空气监测表上那一串串漂亮的数据。因为后者，直接关系到上级部门对自己工作的评价，关系到他们的政绩，最终关系自身仕途。

这背后，不排除一些地方在环境治理过程中忽视现实条件，不顾治理的客观规律与循序渐进原则，过度追求成效，大搞压力传导。治理措施通过层层加码，传导到基层时已变形走样，导致末端的执行者不得不将精力用在应付上级检查上。但也不能忽视，一些政府部门不正确的政绩观在作祟，唯数据是论、弄虚作假。

同时，屡屡被爆的空气监测数据直接或间接造假，还与环保评测标准单一有关。其实，这是个全球性的问题。为了打造多元化的环保监测标准，一些国家已积累了成功经验。将政府、科研机构、社会团体及个人共同纳入测评体系，所有环境监测站由第三方社会机构运营管理，减少地区政府炮制假数据的可能性；强调监管与经济激励并举。在保护环境的同时，为遭受损失和不便的企业、个人提供补贴和替代性方案。这些，都值得酌情借鉴。

平顶山下发的通知里指出，未来，四个国控空气质量监测点周边两公里内的加油站将搬迁。这意味着，“限时加油”只是过渡性的规定。但不得不强调的是，再小的事，只要事关民生，都是政府部门时刻要放在心头的大事。无论何时，百姓冷暖疾苦都不能让路于官员的政绩。没有特殊情况、前置条件。

（澎湃新闻《马上评》栏目，2018 年 10 月 25 日）

唐一鑫
评论作品

《浙江日报》评论

“烧钱”不能成为青春的纪念仪式

对当代大学生来说，隆重的毕业宴、精致的写真集、精心策划的毕业旅行、拿得出手的毕业礼物，这些似乎都成了标配。他们在热闹喧腾中给自己一个阶段的人生旅程划上句点。但拿出账本仔细算算，以这种方式纪念青春无疑有些昂贵。

近日，《中国青年报》联合问卷网，对 1 969 名经历过毕业季的人员进行调查。结果显示，42. 8%的受访者为庆祝毕业花费了 3 000 元以上，更有不少人坦言自己花费了 10 000 元以上。在这笔开销中，聚餐、旅游占了大头，送礼、写真、换手机也是重要支出。

青春的纪念不能“烧钱”，有展现青年人活力、创意的更好方式。

对许多毕业生来说，为了证明自己大方而抢着买单、在虚荣心驱使下互相攀比成了普遍现象。在学校里认真学习时经济差距尚不明显，可毕业关头却成了财力的展示——人家在五星级酒店办宴会，你却蹲校门口烧烤摊；人家毕业周游世界，你却只能在小花园看蚂蚁……相比之下，刚出社会，似乎不“烧钱”者或无能力“烧钱”者在起跑线上就被甩开了一大截。由此，毕业季演变成“烧钱”秀，打肿脸也要充胖子。

在一些人的观念中，消费社会讲究“金钱至上”。大学生若是受到这种观念的潜移默化，即使受过“人人平等”的价值观教育，常常也很难摆脱成见。但与有工作能自食其力者不同，刚毕业的学生大多缺乏收入来源，经济尚处于依赖父母阶段，而毕业消费这笔账不少也记在了父母的头上。家境殷实者暂且不论，对于大部分普通家庭来说，无视物质条件为了撑面子而过度消费，不仅没能履行一个成年人对家庭应负起的责任，反而加重了父母的负担。更重要的是，它违背了毕业即独立、成长的初衷。

所以，不应追求所谓成人世界的通行方式——以“烧钱”来纪念青春、庆祝毕业，青年人应有青年人的姿态，那是一种创意无限、充满热忱的姿态，一首激情荡漾的诗、一曲饱含温情的歌，抑或是同学、师生间真诚的祝福，都可以成为纪念大学时代、拥抱人生新阶段的意义载体。

毕业既是许多人学生生活的终点，也是他们真正独立的起点。与其为了攀比大肆挥霍，把钱花在所谓的仪式上，不如将其用来提升相关能力，为增强自己的社会竞争力做好准备。

（《浙江日报》，2018年6月4日第5版）

点赞“写字课”：远离功利靠近美

当络绎不绝的人潮赶到上海博物馆观摩董其昌飘逸古朴的书法作品之时，两会第一天，全国政协委员、民进上海市委专职副主委胡卫拟提交《关于扎实提高小学生写字水平的建议》的消息引起了广泛关注。

在胡卫看来，虽然近年汉字书写的重视程度日益提高，但全国仍有许多小学生达不到国家语文课程标准所要求的“硬笔书写楷书，行款整齐，有一定的速度。能用毛笔书写楷书，在书写中体会汉字的优美”。他认为，小学生写不好字，重要原因在于“受功利的应试思想影响。考试中写字没有地位，就放松要求”。他建议小学每周增加一节“写字课”。

而我认为，问题并不是写字在功利的应试观念中没有地位，而是写字本身就成了一件功利的事情。不只是在学校，从整个社会来看，其功利性质远远盖过了它的审美功能。在不少人“提笔忘字”的今天，是时候让写字离功利远一点，靠“美”近一些了。

在学生时代，几乎所有人都听过老师这样说：“字要写得好看一点，不然拿不到高分的。”汉字是铺设孩子升学路的沙砾，是实用的沟通与表达工具，是能够影响考试分数高低的符号。矛盾的是，因为考试不考写字，一些小学高年级开设的写字课常常让位给任务多、占分比重大的阅读与写作。

科技的发展赋予现代人一种普遍的自豪感，无论是想记录还是与他人交流，只要手机在，我们就能随时随地打字。电子屏幕上变换多样的字体能够满足不同喜好人群的需求，是他们彰显自我的一种表达方式。可是，被手机、电脑“宠坏”之后，许多人经常面临提笔忘字的尴尬。

当写字离功利太近时，离“美”自然就远了。宗白华先生曾说：“中国艺术的最高形式是书法，书法的根本精神在乐，而乐是伴着音乐的节奏在跳舞。高妙的书法，就是一个个舞者。”要写好字，意味着通过笔尖去传递自己对世界独特的感觉，去表达灵魂的震动、狂舞。

董其昌书画展引来观展者们高涨的热情证明，写字可以产生美，这种美还能跨越历史的鸿沟传达给后人。只不过，现代人似乎倾向于认为，千百年前古人写的字才叫美，今天的字则无关乎美。只是，如果王羲之、颜真卿、董其昌们当年也这样想，今人又何以大饱眼福、得到美的享受呢？

不论处于何种环境，我们都不能以时代为借口，过度放大书写的功利价值，忽视其审美功能。

（澎湃新闻《马上评》栏目，2018 年 3 月 4 日）

吴子莹
评论作品

潮赛评论

驱赶“骗骗他”，铸就爱国“芯”

三个月前想做区块链的创业者，现在改做芯片；一个月前刚转型小游戏的团队，现在也想做芯片；就连做海淘电商的创业者，也要求带点芯片概念。

中兴事件后，创业圈的“追风少年”们瞄准了“中国芯”。

在这些创业者的眼里，中兴的芯片“危机”，成了他们获得融资的“转机”。他们拿出引人瞩目的PPT，施展非同一般的口才，从上一个热炒的话题，转身投入新一个所谓的“风口”。他们无须考虑如何进行高精尖的技术研发，也不必琢磨怎样做出自主知识产权的芯片，而只需思量如何撰写一份与“芯片”沾边的、展现爱国情怀的、制作精良的PPT，并用它获得投资人的青睐。

对于这些人，马云曾做过一个贴切的比喻，叫作“职场蝗虫”。他们有想法没办法，所谓工作就是不断地去做 PPT，想方设法要到资源，很快又被证明不行。然后，烂摊子不知留给谁去收拾，他只管做下一个 PPT，再去说服新一批的投资人。

他们做的 PPT，在网络上被形象地称作“骗骗他”。

在古代，他们可能是天才的策论家，仅听其言，世人怕是赞叹不已。可悲的是，他们从不落实处，说到就算是做到了，成与不成都事不关己，实为诸葛亮所称的“下笔纵有千言，胸中实无一策”的庸蠹。这种类型的“人才”，从古至今比比皆是。

然而古人之事我们暂且不论，今人之伤难道不令人叹息吗？

乐视的“为梦想窒息”近在眼前，“警惕 PPT 创业”几番被提出，但在一夜逆袭、弯道超车的俗世价值观的簇拥下，又有多少所谓创企频频“二次创业”，还能脱手变现；又有多少投资人心甘情愿地被蒙蔽双眼，用共同炒作风口的默契配合“创业者”的表演。

无论是前段时间的区块链，还是最近火到不行的国产芯片研发，如果创业者和投资人都只看重拿钱出名，而不去脚踏实地地耕耘，那最终只是耗费了大量本该投入真正研发一线的扶持资金、投资款项，对所涉及产业的进步有害无益。

当众人都向往做专业带来的价值，却对专业人才、专业技能嗤之以鼻；渴望立即拿到塔顶的舍利宝珠，却对经年垒到13层的石塔置若罔闻，只怕这个社会最终将只剩下一个徒有“故事”的空壳。只有杜绝这些“伪创业、真捞钱”的项目存在，才能用自己的双手铸就国之重器，只有认识到“专注”和“深耕”的重要，才能真实地拥有大国底气。

（浙江日报“弄潮号”微信公众号，2018年5月7日）

张钰杰

评论作品

莫让无偿献血变成“绑架”学生的交易

近日有新闻曝出，河南某高校为鼓励学生无偿献血，奖励献血学生30个学时。据了解，由于该校规定学生要修满300个学时才能毕业，平时参加一次活动也只有3个学时。献一次血就能得到30个学时的奖励，让很多学生表示诱惑实在太大、不得不去。如此一来，本是以公益、自愿为原则的无偿献血一下变质成了对学生们的某种意义上的诱导与功利行为。一时间，校方这样的做法引起了社会广泛的讨论。

无偿献血本是一种荣誉与社会责任的体现，其价值不应用金钱或是其他诱惑来衡量。《中华人民共和国献血法》就明文规定国家实行无偿献血制度，提倡18周岁至55周岁的健康公民自愿献血。这也就意味着无偿献血存在着两种性质，即无偿性与自愿性。无偿性是为了保证献血之不受利益驱动，提高血液合格率和质量；而自愿性则体现出对公民自由权利的保护，同时也客观体现了无偿献血的荣誉性质。

而新闻中的校方，以高额学时为奖励，打着所谓鼓励学生参与公益活动的旗号，实则有侵犯无偿献血的无偿性和自愿性之嫌。校方拿着作为学生毕业条件的学时为诱惑，美其名曰“激励学生”，这不仅仅玷污了无偿献血的纯洁性，也伤害了衡量学习的“学时”的纯洁性。

是什么让无偿献血变了质？首先是校方的“高额”奖励，即学生们口中所说的“诱惑实在太大”。虽然该高校奖励学时的行为看起来是在“激励”学生踊跃参加公益活动，但实际上已经背离了无偿献血制度设立之初的精神。当无偿变为变相有偿，而且是拿着与学生毕业至关重要的“学时”作为奖励的时候，实际上学生在很大程度上已经失去了法律赋予的自愿的权利。无偿献血活动成为一种校方与学生之间的变相交易，这实在是令人唏嘘。

显然，校方是打着鼓励、激励的旗号行功利主义之实。在这样一个公益事件中，如果学生们踊跃参与，某些人的政绩表上似乎又可以记上一笔。而巧妙设立制度成功“绑架”学生，所捐献的血液似乎就成了校方的政绩考核工具。不纯洁的初心催生了不合理的制度，最终产生了负面的影响。

应该再次明晰的是，我国实行无偿献血的意义是无私奉献与公益事业，落脚点是荣誉感和责任感。我国法律规定可以鼓励公民献血，但要指出的是，一切鼓励手段都应该建立在不违背无偿献血初心和保护公民自愿献血原则的基础上。

无偿献血应是非功利主义的，不应该变质成为“绑架”学生的交易。“学时奖励”机制引起的变质，值得我们批判与反思。此外，献血后需要补充营养，高校以营养品或者适当津贴的方式补贴献血学生是合理的。但一定要谨防补贴范围和数量过大，否则与功利挂钩的奖励机制又会使无偿献血变质。

（浙江日报“弄潮号”微信公众号，2018年6月13日）

王智

评论作品

"弹幕"进课堂，娱乐了学生，撕碎了知识

随着视频网站的发展，"弹幕"似乎成了我们观看节目时必不可少的一道"小菜"，即使是再枯燥的内容，只要有了网友在弹幕中的"刷屏"和"神吐槽"，气氛马上就能活跃起来。近日，四川大学电气信息专业的张英敏老师就将"弹幕"引入了课堂，学生在上课的时候可以通过手机发送弹幕到幻灯片上分享自己的观点，张老师说这样的形式能活跃课堂气氛、了解学习情况、帮助教学工作。

弹幕进入课堂并非空穴来风，其形式迎合了我们的胃口。简单来说，弹幕就是一种实时用户评论，随着内容的推进，观众可

以输入简短的观点，随后其发言会出现在屏幕中，从原有内容上漂浮过去。其技术特点可以概括为：时间短、字数少、实时性、吸引力强，一两条弹幕还只是“锦上添花”，当数十条乃至上百条弹幕共同“刷屏”时，原有的内容已经完全被弹幕替代，甚至有时弹幕间的互掐远比内容本身更具吸引力。

这集中反映了互联网时代用户们的偏好，我们乐于参与热点，且不甘心仅仅当一个观众，急于表达自己的观点，并寻找队友和对手。在这一过程中，事实基础、说理逻辑远没有气势和数量来得重要，而弹幕一不耗费精力，二不用负责任，自然就成了喜闻乐见的“舆论场”，观众们忘乎所以参与进这场狂欢。

当课堂也变成狂欢时，其后果是不堪设想的。课堂的本质终究还是传授知识，老师将自己的知识传授给学生，学生从中理解并与老师和其他同学互动，无论是弹幕，还是前几年流行的网课都只是促成这个过程的手段，从这种意义上来说它们好像帮到了课堂的进行，但是必须指出的是，这些新形式给课堂来的远不止帮助这么简单，其中夹带的“私货”可能会毁了课堂的核心。

这里的“私货”指的是这些形式对于内容的影响，即波兹曼说的“媒介即隐喻”，当我们将课程录成视频放到网站上变成网课的时候，就注定其只能变成网络世界的一部分。且不说网课是否能带来有效的互动，在学生通过浏览器打开网课的时候，课堂在他们心中便已不再神圣，不再是一个需要全身心投入的地方，而只是众多窗口之一，随时可以打开、关闭或覆盖。弹幕课堂也是一样，如果说其改变了师生互动的方式，可能会让学生的反馈更加积极，但也势必会造成反馈质量的下降，曾经学生们经过深思熟虑提出的问题，现在都变成了“666”“哈哈哈”这样无效的反馈，看似热闹实则荒诞。

更可怕的是，弹幕改变的远不止互动这么简单，其最终毁坏的是整个课堂。如果说网课是把课堂拉下神坛，那么弹幕就是在娱乐化课堂、碎片化知识。当课堂变成了七嘴八舌的集市，无论学生们在谈论什么，其带来的结果只能是学生沉浸在弹幕的话语体系中，老师说什么已不再重要，重要的是自己发出去的弹幕好不好玩、有没有人看，所谓“娱乐至死”大抵不过如此。而弹幕特有的短平快节奏带来的是更广泛的碎片化问题，课堂学习不再是一个整体，而是被弹幕甚至幻灯片切割的部分，同学的观点被打散成了一句句飘过的话，关键的知识点弹幕在讨论了才看一下、记一下，弹幕少的地方就不看也不听，最后能记住的也就是几句简短的总结和今日课堂最好笑的弹幕。

对弹幕的反思，不应仅限于课堂。我们多久没有耐下性子看一个视频、一部纪录片甚至是动画片了，如果说在电影院放弹幕是可笑的，那么对于其他内容我们也应给予足够的尊重，而不是在弹幕的引领下盲人摸象。更进一步说，娱乐化、碎片化的现象在我们生活中无处不在，我们企图利用生活中的点点滴滴充实自己，最后却是把我们的思想都撕碎了，如果有一天我们在看电子书的时候也有弹幕飘过，走在路上都能看到每个人周围的弹幕，那么人类最光辉的思考能力也不复存在了。

（浙江日报“弄潮号”微信公众号，2018 年 5 月 15 日）

陈敏学
评论作品

让工匠精神真正得到尊重

“弘扬工匠精神，来一场中国制造的品质革命”。在 2018 年全国两会上，《政府工作报告》提到了“工匠精神”。“工匠精神”始终有着神圣的色彩，正如纪录片《我在故宫修文物》中的工匠们，他们与文物相遇相知，在千年的传统技法和陈旧的工具中，“择一事，终一生”。很多人说，这部纪录片诠释的是匠心。

但是，有多少人会愿意选择当一名普通的工人投入到一线劳动中？又有多少在一线的工人，愿意在日复一日的劳动中践行“工匠精神”？

现实不容忽视，随着人口红利的递减，中国制造业转型势在必行。“工匠精神”并非首次提出，早在 2016 年的《政府工作报告》中便已出现。从当年的“精益求精，增品种、提品质、创品牌”，三年来，“工匠精神”一再出现。但正如改革开放的“深圳速度”尚且需要四十年的时间来诠释，“工匠精神”在劳动一线上的推广也尚待时日。

曾经有一则关于纺织女工的报道描述了她们的工作，她们像在宣读战利品般扯着嗓子在高分贝的缝纫机噪声里互相报着完成的件数。工人追求速度，因为大量的工作是工资的来源。廉价的劳动力曾经是中国得以发展的一个重要因素，即使到了今天，这样的廉价劳动力仍存在。在效率至上的工厂，不能苛求为了生计的工人将手中的工作当成艺术品的创作过程。工人机械地重复简单劳动，满足于已远高于种地能带来的收入，这与“工匠精神”存在差距。

社会环境需要支持“工匠精神”，在赞美“工匠精神”的同时，要为工匠提供发展的环境。我们也看到，职业院校的高考录取分数一般较之二本更低，不论是学生还是家长，大抵都不会愿意用一个达到二本院校录取分数线的分数报考职业院校。而这也和整个社会潜在的歧视分不开。“挖掘技术哪家强，中国山东找蓝翔”，这已是网友间口耳相传的烂梗，但这更是社会普遍重视普通教育轻视职业教育的一个缩影。没有更为包容的社会大环境作为土壤，“工匠精神”便难以生根发芽。

可喜的是，我们对于“工匠精神”始终没有放弃。2018 年的全国两会，《政府工作报告》再次在各个行业中细化了“工匠精神”的内涵。从政府“大幅压减工业生产许可证，强化产品质量监管”，到整个社会越来越多的对于“工匠精神”的赞美，不断转变人们对于工人这一职业的看法，就能对“工匠精神”有真正的尊重。

只有不分高低贵贱对每个职业给予同样的尊重，“工匠精神”才能在中国得到弘扬。依靠衬衫、玩具支撑的“制造大国”时代已经过去，中国需要向“制造强国”迈进。道阻且长，这需要所有人的共同努力。

（浙江日报“弄潮号”微信公众号，2018 年 4 月 3 日）

金亦辰
评论作品

潮赛评论

中国女足　值得更多关注

4∶0，3∶0，8∶1，中国女足在最近进行的女足亚洲杯中获得了三场酣畅淋漓的大胜，在以小组第一出线的同时也昂首挺进了2019年法国女足世界杯，成为除东道主以外全球第一支拿到世界杯入场券的队伍，顶起了中国足球的“半边天”。

中国女足的过往战绩，无疑是由无数军功章点缀而成的：过去七届世界杯只有一次缺席，世界杯亚军、奥运会银牌是她们过往的骄人成绩，孙雯、刘爱玲、高红，那一批“铿锵玫瑰”承载着一代人满满的回忆……

但是女足姑娘们优异的成绩和她们受到的关注似乎并不成正比。最近，女足主力门将赵丽娜在接受一项网络访谈时直言“靠踢球一辈子买不起房”，27 岁的她仍然和父母、外婆同住在一个屋檐下，自己仅有的空间只是在天井里搭建出来的一间小卧室。

相比之下，当前的中超联赛则处在一个“挥金如土”的金元时代。俱乐部挥舞着手中的支票，大肆招兵买马，将各路豪杰招揽至麾下。这种烧钱的趋势不免营造出一种“军备竞赛”式的攀比氛围，以至于足协出台了相关管控政策，以期遏制这样的浮躁氛围形成。

与进行得如火如荼的男足联赛相比，女足姑娘们在足球世界里的地位似乎有些低得可怜。不说天壤之别的薪酬待遇，单是比赛的转播，我们就能发现，女足联赛多数时候处在一种门可罗雀的状态——我们很难在电视中看到女足联赛的转播，也很少能通过媒体渠道了解到女足的消息，至于现场的球迷更是少得可怜，有时甚至连场上的球员都比场边的观众多；即便曾有过投资商入驻，也不过是昙花一现，若无法形成一个良性的投资氛围，金主自然也就是来去如风。

长期挣扎的背景下，最终形成的总是难以维系的结果——在去年 12 月，曾征战女足联赛 18 个春秋的老牌劲旅天津汇森女足因缺乏资金而无奈选择解散，球员们只能自谋出路。这样的悲哀其实也是当下女足生存状态的一种真实写照，更多支持她们继续足球事业的只是自己当年的那一份初心。

不可否认的是，由于竞技性和观赏性等客观因素，男足联赛更受大众青睐是市场选择的必然结果。但纵观足球运动发达的欧洲，相当一部分世界一流俱乐部同时拥有自己的男女足球队，国内和国际拥有健全的比赛体制，这也是探索高水平竞技足球的一个重要保障。有了好的土壤，才能长出健康的芽；有了健康的芽，才能开出灿烂的花。希望这些巾帼英雄们能够收到更多鲜花和掌声，大众也能给予她们更多应得的关注目光。

（浙江日报“弄潮号”微信公众号，2018 年 4 月 15 日）

为十九岁的“梅西”们创造更好成长环境

近日，“熊猫杯”青年四国邀请赛正在成都举行，主办方邀请到了乌拉圭、匈牙利和英格兰三支欧美劲旅，加上东道主中国队，四支球队一起一较高下。

中国 U19 国家队在过去的两场比赛中，分别以 4∶0 和 1∶0 的比分战胜了匈牙利 U19 和英格兰 U19，提前一场获得了本次四国赛的冠军。值得一提的是，中国国青此次战胜的这支英格兰青年队可谓来头不小，他们中的六人曾是去年英格兰 U17 世界杯冠军队的成员，其中有三人还在当时的决赛中首发出场。可以说，中国队的这一个冠军奖杯是非常具有含金量的。

不仅结果让人满意，球队本身在比赛中发挥出的技战术水平也让人感到欣喜。青年球员在场上敢打敢拼，展现出了年轻灵动的优势。更重要的是，我们能在比赛当中看到他们对于自己的一种自信，这种气质是中国男足向来较为缺乏的。

捷报传来，中国球迷们自然是欣喜万分，各大足球社区的评论区一片欢腾，对小球员们的表现一通天花乱坠的吹捧，似乎他们已经站上了世界之巅。而我想说的是，赢球、夺冠固然可喜，但球迷们仍然应该在此时保持清醒的头脑。

首先，对于球队取得的阶段性成功应该给予充分的肯定，但不应过分夸奖，避免用“捧杀”的方式亲手将中国足球方兴未艾的幼苗扼死在摇篮之中；同时，大家也理应认清中国足球与世界顶尖水平的差距，不奢求一步登天，而是应该期待一个循序渐进的过程，只有步步为营才能为中国足球带来实质性的改变；另外，在球队处在低谷期时更不要过分苛责，甚至冷漠地转身离开。很多时候，球员们原本的心气和自信就是在这样苛刻的舆论环境中逐渐被消磨的。球迷们真正应该给予中国青少年足球的，是持续的关注和鼎力的支持。

“江山代有才人出，各领风骚数百年”，本次参赛的 U19 国家队员们，到了 2022 年和 2026 年，都正值年富力强之时。都说“19 岁的梅西常有，而 29 岁的梅西不常有”，既然我们在他们身上看到了中国足球的未来之光，那么就该给予他们一个好的成长环境，争取在之后两届的世界杯中看到五星红旗的身影，切莫让“伤仲永”的悲剧重演。

与此同时，还要将目光放得再长远些，培养更多 19 岁的梅西。青少年足球事业的发展和人才的培养永远是一个国家足球事业的基础，一个健康的人才培养机制总是正金字塔型，只有拥有了数量足够庞大的足球人口基数，我们才能挑选出真正优秀的球员为国出战。

（浙江日报“弄潮号”微信公众号，2018 年 5 月 26 日）

肖暖暖
评论作品

别再让临时工当“背锅侠”

日前，广州一家杨国福麻辣烫被食客拍到一工作人员将脚放在案板上切肉，视频传上网后，杨国福回应称“是临时工，没办法”。

近年来，“临时工”一词越来越多地出现在人们的视野中，以临时工为关键词的负面新闻更是数不胜数。时不时在社交网络刷屏的临时工新闻让网友不由调侃：“临时工是当下最为神奇的工种，最神秘的用工形式，最能背锅的队伍组织。”但调侃过后，我们要问，这些新闻中犯错的人果真只是临时工吗？为什么出差错的总是临时工？是临时工的职业素养果真不及正式员工，还是被人为地变成了“背锅侠”？

或许一些新闻中出错的当事人的确是用人单位临时外聘的临时工，可身份虽然临时，责任和义务却并不“临时”，无论是正式工还是临时工，在其位谋其政，任其职尽其责，都应当是每一行业的每一位从业者的自我操守和职业修养，只有人人都在自我岗位上认真负责，才能保证社会的良性有序运转。

由于在职时间短、工作经验不足、未受到系统培训等客观因素，临时在职人员的确容易犯错。但出了差错之后，被追究的也不应仅局限于临时工本人，用人单位的内部监管失灵也同样是助长错误的关键因素。不仅要追究员工个人的职责，用人单位也应认识到自身监管体制和引导培训的不足，不能仅仅把出了差错的临时工个人推出来担责，让临时工“背”了单位监管引导层面的“锅”。就像新闻中的杨国福麻辣烫，即便把脚放在案板上切肉的那位真是临时工，店长之类的管理层不能及时批评教育、促其改正，非得等到被网友曝光才把这位“临时工”推出来承受舆论的谴责？

而当临时工仅仅只是出事单位对社会公众的搪塞之辞时，对临时工就更需要进一步的探讨。我国 1995 年实施的《劳动法》中已明确规定无“临时工”“正式工”之分，只有合同期限长短之别。我国《侵权责任法》第 34 条规定，用人单位的工作人员因执行工作任务造成他人损害的，由用人单位承担侵权责任。从我国《行政处罚法》第19条对受委托组织必须符合的条件来看，临时工不具有被授权或者被委托实施行政处罚等行政执法权的资质和条件，不能成为独立承担行政执法过程中造成损害的担责主体，更不具备为行政机关不当执法行为承担国家赔偿等其他责任的资格。

以上的条款规定，从法理层面就隔绝了临时工被推出来担责、定罪的可能性。临时工绝不可能成为出了差错的用人单位逃脱惩罚的盾牌，相反，无论是否是临时工，真出了纰漏时，被法律追责的首先还是用人单位，该担的责任无论如何也逃不掉。而被推出来的“临时工”们，或许按照用人单位所想，是要代为承受舆论的谴责，但这也纯属异想天开，出了岔子以后，用人单位越是急着把临时工推出来“背锅”，就越会引发社会公众对其不齿和谴责。最好的解决办法是，老实认错，积极整改，如此才能挽回大众的信任。

网络时代，人们被各种各样“魔幻现实”的新闻锻炼出越来越强大的火眼金睛，是真是假，是骡子是马，稍做思考总能猜个八九不离十。时代在进步，社会公众在进步，各大用人单位也应当与时俱进，抓紧升级，在出了纰漏之后，老实认错，积极整改，该受罚的受罚，该追责的追责，决不能随随便便把错扣到临时工身上。

在临时工新闻刷屏的当下，重要的不是过错者的身份，而是错误本身，正视错误、改正错误才是解决良策。敬告各大用人单位，都已经2018年了，出了岔子别总想着找人出来背锅顶缸，别再让临时工当“背锅侠”。

（浙江日报“弄潮号”微信公众号，2018年6月5日）

麻慧琳
评论作品

“陪伴”留言看哭众人：亲情乃最朴实之共鸣

浓浓的节日气氛渐渐散去，许多人抓着春节的尾巴返回平常的状态。一则新闻又使人们心中泛起涟漪，久久难平。“我用压岁钱买爸爸一天的陪伴。”这是一个八岁的儿子给在工作的父亲的转账留言。那位父亲看到这儿忍不住眼泪，我们看到这儿亦心生共鸣。共鸣，缘何？亲情也。

最初我们也许会惊讶于孩子稚嫩又新颖的行为，也许会爱怜于表达心声的孩子，也许会感慨于万千像铁警这样的工作者的牺牲与奉献，会关注这种情况的解决办法……但给我们留下最深感受的恐怕就是浓得化不开的亲情。一是由于普遍性——这种情感人人皆有。二是由于真实性——这种情感朴实而真挚。亲情，可谓人性中根深蒂固的东西，更能产生共鸣。

"只要一个人觉得自己身处当事者的环境中，痛苦也好，高兴也好，他的内心都会产生相同的情感。"亚当·斯密如是说。亲情的第一重共鸣在于我们把自己代入了情境，感官受到情景的影响。作为年纪尚小的儿子，他需要并且渴望父母的陪伴。春节本是团圆的时候，怎能少了父亲？他可以把压岁钱拿出来，只为与父亲一天的相处。"买"不是普通的商品交换，其背后蕴含着儿子的盼望，心心念念。而亲情往往是双向的。作为出门在外的父亲，他当然也希望与家人一起过年。欢声笑语的时刻，怎能少了见证？他有为更多人能顺利过年的工作责任，更有缺席家人身边的歉意，还有对他们的深深思念与爱。亲情被时间和距离拉开就产生想念，被公务或意外阻隔会产生愧疚。设身处地，情感相连，方有共鸣。

移情，是人们常做的事。亲情的第二重共鸣在于我们由别人的经历联想到自己身上，"顾影自怜"。由彼及此，这句"陪伴"留言褪去了多少人冷漠的外表，戳中了多少人心中最温柔的地方，又吐露了多少人的心声，引发了多少人的思考？许多游子的故乡只有冬夏，没有春秋；甚至有些行人的故乡只有冬，再无春夏秋。于中国人而言，春节便是最具仪式感的节日。如果你有幸和家人一起过年，无论多么平淡，你会想到珍惜和家人相聚的时光，因为有很多人正羡慕渴望拥有这时光。如果你心系团圆却无缘，或因不可推脱的工作，或因突发的事件，你会发现埋头于手上的事终究填补不了遗憾，尤其是对亲情的遗憾。如果你自以为看淡了这份情感，甚至厌烦于相处的琐碎无聊，可又被这新闻挑起了万千思绪，那么亲情这念想其实扎根于你心里，不过“当时只道是寻常”。各个角色都可以在这里找到情感的寄托之处，此中深意无穷。亲是后盾，情是纽带。因为懂得，所以共鸣。

“在历史的长河中，有一颗星星永远闪亮，那便是亲情。”神奇的是，亲情虽原始之至，朴实之至，却纯粹之至，无与伦比。亲情不限于具体的物质形式状态，不论是否相聚，它都存在于我们灵魂深处。我们当正视这种天然的情感，拥抱这种最真实的共鸣，传承这份无价的感觉。因为，心难平在于情难平。

（浙江日报“弄潮号”微信公众号，2018 年 3 月 4 日）

张程喆
评论作品

直击痛点、超越期待，上海一网通办提升获得感

上海“一网通办”政务服务，成为此次两会上备受关注的焦点。3月6日，在人民大会堂上海厅，上海市委副书记、市长应勇代表向媒体介绍了“一网通办”的现况及今年的目标。

目前，“一网通办”平台注册企业和公民用户数已超过950万，实现了身份认证、总客服、公共支付、物流快递的统一；已接入1 339项政务服务事项，90%的网上办事事项实现了“只跑一次、一次办成”；99%的民生服务事项实现了全市通办，效果明显。今年将实现“双减半、双一百”，即行政审批事项办理时限再减一半、提交材料再减一半，对100项政务服务事项业务流

程优化再造、再增加100项民生服务事项全市通办，逐步使企业和市民到政府办事像“网购”一样方便。

长期以来，到政务部门办事难、办事烦已成为民生痛点。经常能够听到这样的抱怨：企业和市民到政府办事搞不清找哪个部门，看不懂办事流程，备不齐材料反复跑……有鉴于此，“互联网+政务服务”已成为呼声日高的民众诉求，也成为政府共识。目前，多地都已开通针对企业及个人的政务服务网站，在这其中，上海去年10月份开通的“一网通办”平台已成为标杆。

这种标杆效应，首先来源于上海对于政府服务线上化的通透认知与明确定位。对于要办事的企业和市民来说，“进一网、能通办”最大的好处在于减少折腾、提高办事效率，但对于提供服务的政府来说，这些都只是“术”的层面，还必须上升到更前瞻性的“道”的高度。在观念上，要将之作为“放管服”改革、深刻转变政府职能和推进政府治理体系和治理能力现代化的重要举措；在落实上，要超越服务对象的现实诉求，想得更深更远。比如，3月1日，上海法院诉讼服务平台试运行入驻“一网通办”。其实，上海法院并非政务服务单位。它的入驻是主动打破政务服务的边界，在全国法院也属首创。

认知决定格局。上海对“一网通办”的高规格愿景，直接让其在具体实施过程中具有更高要求、更大魄力。去年4月，上海大数据中心建立。这一数据共享交换平台，实现了人口、法人、空间地理和电子证照四大基础数据库数据的归集纳入，推动政务数据按需100%共享。

“一网通办”的成功，还取决于上海永不满足，时刻以企业与群众的需求为导向，推动政务服务的升级迭代。一方面，“一网通办”向个人推出了买房、出国、生孩子，向法人推出了开餐馆、建工厂等上百个服务主题，今年“一网通办”货架上的服务包，还将扩展到300个。“一网通办”越来越聪明、越来越懂你，原因在于其上线的AI服务官。依托于此，不断为用户进行多维度的“画像”，形成个性化的“一人一档”和“一企一档”，并动态学习用户行为，推动公共数据由政府部门管理为中心向以用户服务为中心转变。另一方面，上海今年对“一网通办”提出的高目标、严要求，本身也是自我施压与进取的表现。

从“能办事”到“办好事”，从消除办事难到不断提升办事体验，是上海“一网通办”的不懈追求。在提升市民获得感、幸福感，不断优化营商环境，推进上海智慧城市、智慧政府建设上，“一网通办”必将发挥新的更大的作用。

（澎湃新闻《马上评》栏目，2019年3月7日）

快递小哥进两会，传递更多新鲜好声音

今年两会，全国人大代表、来自中国邮政上海站的邮件接发员柴闪闪带来了两个建议，一是希望每个农民工、产业工人都能够享受到个性化的培训；二是希望通过源头的绿色包装推进垃圾整体减量，共同为特大型城市的生活垃圾“减负”。

作为一名“85 后”，柴闪闪是十三届全国人大代表，也是我们再熟悉不过的快递小哥，是千万邮政快递行业从业者中的一员。今年是他履职的第二年。

十五年前，柴闪闪中专毕业后，从湖北只身来到上海，进入邮政系统成为一名邮件转运员。彼时，邮政快递行业全靠人力。快递员扛着包裹，搬上卸下，冬天冻得浑身发抖，夏天与高温奋战，一天下来整个人累得近乎趴下。

近年来，快递行业的迅速发展有目共睹，快递小哥已经成为与城市居民接触最为密切的群体之一。快递行业聚集着大量的年轻人，充满青春与活力，他们穿梭在大街小巷，不辞辛劳地把邮件精准送达千家万户。截至去年年底，中国的快递业务量达到了500 亿件，连续五年稳居世界第一。

与快递小哥类似的，还有外卖小哥。据媒体报道，越来越多的年轻劳动者到大城市打拼，更愿意告别流水线上的生活，去做一名外卖骑手。这正是经济转型发展、服务业扩容的一个现实缩影，数据、成绩的背后，是每一个从业者的奋斗与汗水。

柴闪闪见证了中国快递行业的飞速发展。在他的身上，我们也看到了中国新生代农民工的缩影。在城里打拼这么多年，柴闪闪和老乡们都有一个共识：工作环境好了，机会多了，报酬高了。老一辈农民工靠体力取胜，打工挣钱，回家盖房。而柴闪闪们的眼界宽了，见识多了。他们更想在大城市里拼出个样子来，用真本领赢得尊重和认可。

由于快递员的职业身份，柴闪闪每天与大量的邮件包裹打交道。对于过度包装的现象，他看在眼里、记在心里。《上海市生活垃圾管理条例》提到，快递行业要在源头减量上积极作为。作为一名全国人大代表，柴闪闪反复酝酿，认真准备代表建议，将垃圾减负、改善环境的期待铭记于心，提议从源头的绿色包装入手来解决问题。

柴闪闪也是众多来自基层的全国人大代表的缩影。这些来自各行各业的代表，承载着基层的心声与期待，汇聚一堂，集思广益，建言献策，将民情民意与国家发展大计连接起来，为两会带来更多来自一线的好声音。

（澎湃新闻《马上评》栏目，2019 年 3 月 4 日）

图书在版编目(CIP)数据

激扬文字：复旦大学新闻学院学生新闻评论集 / 陈禹潜，张涛甫编. —上海：东方出版中心，2019.10
ISBN 978-7-5473-1558-3

Ⅰ.①激… Ⅱ.①陈… ②张… Ⅲ.①评论性新闻—作品集—中国—当代 Ⅳ.①I253

中国版本图书馆CIP数据核字(2019)第210590号

激扬文字：复旦大学新闻学院学生新闻评论集

编　　者　陈禹潜　张涛甫
责任编辑　江彦懿　马晓俊
封面设计　陈绿竞
内文设计　钟　颖

出版发行　东方出版中心
地　　址　上海市仙霞路345号
邮政编码　200336
电　　话　021-62417400
印 刷 者　昆山市亭林印刷有限责任公司

开　　本　890mm×1240mm　1/32
印　　张　10
字　　数　177千字
版　　次　2019年10月第1版
印　　次　2019年10月第1次印刷
定　　价　50.00元